CORINA KÖLLN

Die Waldprinzessin

Buchverlag Peter Hellmund

CORINA KÖLLN

Die Waldprinzessin

Ein Würzburg-Heidingsfeld-Krimi

Für meine Familie und meine Freunde,
die mich immer unterstützen,
und für alle Regionalkrimi-Leser, für die
es großen Spaß macht, zu schreiben.

Alles Still!

Alles still! Vergeblich lauschet
Man der Krähe heisrem Schrei.
Keiner Fichte Wipfel rauschet,
Und kein Bächlein summt vorbei.

Theodor Fontane

Prolog

Die zarten kleinen Hände umschlossen fest die hölzernen Tischbeine. Wie lange würde das einfache Versteck noch als Schutz dienen? Über ihr befanden sich die Reste des späten Abendessens, das brutal unterbrochen wurde. Von Blut verklebte Haarsträhnen hingen über ihre großen Augen, sodass sie kaum etwas von der Szenerie erkennen konnte.

Zu viele solcher Vergehen musste die zerbrechliche Kinderseele bereits verarbeiten. Noch immer taten ihr Wange und Nase weh, aber dies war nichts im Vergleich zu dem Schmerz, den sie seit langem in ihrem Herzen trug.

Mit ihrer Zunge ertastete sie die Zahnlücke, wo einst der rechte Schneidezahn saß. Die Erinnerung an den Verlust des Zahns war eine der wenigen aus glücklichen Kindertagen und ließ sie in eine andere Welt eintauchen. Damals schmeckte das Blut leicht süßlich. Im Laufe der Zeit hatte Blut einen bitteren Nachgeschmack bekommen, dessen Geruch noch tagelang im Haus hing.

Der Leib der Mutter lag leblos am Küchenboden. Ein großer Schatten kam direkt auf das Mädchen zu. Ihr Name wurde mehrmals sanft gerufen. Sie hörte auf zu atmen und presste die Lippen fest zusammen. Sie wusste, dass es zu spät war zu entkommen. Er würde sie sowieso finden. Seine Wut, die sich bis dahin angestaut hätte, würde ihn noch gewaltsamer handeln lassen.

„Wenn ich ein Engel wäre, könnte ich jetzt davonfliegen.“

Sie schloss die Augen, breitete ihre Arme aus und rannte los. „Aber du bist keiner!“, sagte der Freund lachend. Das Mädchen stolperte über einen Stein und schlug sich dabei den Zahn aus. „Sei nicht traurig! Im Himmel nehmen sie keine Engel mit nur einem Schneidezahn. Dann bleibst du wenigstens bei mir.“ Liebevoll streichelte der kleine Junge ihre Wange.

Ein lauter Schrei riss sie aus ihrer Gedankenwelt. Vor ihr lag, mit offen stehendem Mund, ihr Peiniger. Sie empfand nichts. Mit letzter Kraft spuckte sie blutverschmierten Speichel auf die kräftige Gestalt. Eines wusste das Mädchen: Wenn es leben wollte, musste es kämpfen.

Spätsommer 1985

1

Die kühle neblige Luft erschwerte ihr das Atmen. Sie konnte in der Dunkelheit höchstens zwanzig Meter weit sehen. Was war, wenn sie sich im Wald verlaufen hatte? Schon seit einiger Zeit hörte sie die Stimmen der Freunde nicht mehr. Würde ihre Mutter jetzt wissen, was sie hier tat, bekäme sie sicherlich einen Anfall.

Aus der Hosentasche zog sie ein Smartphone in der Hoffnung, wenigstens durch das Licht des Displays etwas mehr sehen zu können.

Plötzlich aber war da jemand, der ihr rechtes Bein festhielt und daran zog. Das Handy fiel ihr aus der Hand und sie ging unsanft zu Boden.

Miriam schrie um ihr Leben und versuchte sich zu befreien. Der Schrei wurde jedoch sofort von einer warmen Hand auf ihrem Mund erstickt.

Ihr Herz schlug wie wild und sie war der Ohnmacht nahe. Eine vertraute Stimme an ihrem Ohr ließ sie die Situation, in der sie sich befand, wieder richtig einschätzen, so dass ihr Körper sich langsam entspannte.

„Na, erschrocken?“ Paul küsste ihr Ohr und streichelte ihr über den Rücken. Seine Finger glitten wie von selbst unter den dunkelgrünen Kapuzenpullover, wurden aber von zwei eisig kalten Händen zurückgehalten.

Miriam war genauso verliebt in Paul Murenstein wie der Großteil aller Heidingsfelder Mädchen in ihrem Alter. Aber was sich hier gerade abspielte, gefiel der Fünfzehnjährigen keineswegs. Sie hatte sogar Angst.

Auf allen vieren kroch sie aus dem Gebüsch und richtete sich schwerfällig auf. Ihre Knie brannten von dem Sturz und sie fühlte sich unwohl. Paul schloss zu ihr auf und umarmte sie von hinten.

„War doch nur Spaß!" Mit verstellter tiefer Stimme versuchte er humorvoll die angespannte Situation zu retten, aber es gelang ihm nicht.

„Lass uns zu den anderen gehen, die suchen bestimmt schon nach uns." Miriam löste sich aus der Umarmung und nahm Pauls Hand.

„Du bist vielleicht naiv!", erwiderte er trotzig. „Glaubst du wirklich, Leonie und Felix suchen nach uns? Was denkst du, warum man abends um zehn mit einem Mädchen in den Wald geht?"

Zum Glück war es stockfinster und Paul konnte ihre erröteten Wangen nicht sehen. Am liebsten wäre sie im Erdboden versunken. Ohne ein Wort zu sagen, ging sie weiter, gefolgt von Paul, der seinem Ärger lautstark Luft machte.

Dabei hatte der Abend so schön angefangen. Nach dem Fußballtraining der Jungs machten sie sich auf zu dem Holzpavillon kurz vor Beginn des Trimm-Dich-Pfads an den Herrieden. Sie zündeten Kerzen an, tranken Bier und hörten Musik. Bis Felix die blöde Idee hatte, in den Wald zu gehen. Leonie fand das alles bestimmt supercool, aber Miriam war enttäuscht von Pauls derbem Verhalten. Was ist, wenn er das überall herumerzählt? Alle würden sich über sie lustig machen und ihr Ruf als Spießerin wäre besiegelt! Sie musste handeln, sonst würde sie es sich niemals verzeihen.

Abrupt blieb Miriam stehen, zog Paul an seiner Jacke zu sich und küsste ihn auf die Lippen.

„Na also, geht doch!"

Er wollte Miriam gerade den Pullover ausziehen, hielt aber inne, als die beiden einen unheimlichen Gesang wahrnahmen, der aus der Dunkelheit des Waldes zu ihnen drang.

„Hey, du Spacko! Hör auf damit!" Paul dachte, Felix mache sich einen Spaß und wollte den beiden Angst einjagen. Aber er täuschte sich.

Der Gesang wurde lauter. Kleine rote Funken wirbelten zwischen den Baumstämmen umher und kamen immer näher. Was war das?

Miriam verspürte den Impuls, einfach wegzurennen, aber das, was auf einmal sichtbar wurde, lähmte sie. Grüne funkelnde Augen blitzten kurz auf, ehe das mysteriöse Etwas mit einem Satz auf Pauls Rücken sprang. Ein großes haariges Knäuel lag auf dem schreienden Jungen, der trotz seiner muskulösen Statur den Angreifer nicht abwehren konnte.

„Ah! Es beißt! Es beißt!"

Verzweifelt suchte Miriam nach einer geeigneten Waffe, um Paul zu helfen. Sie zog einen Ast aus dem Dickicht und schlug mit aller Wucht auf das Wesen ein.

Paul hörte nicht auf zu schreien. Im Gegenteil, er wurde immer panischer, obwohl deutlich zu erkennen war, dass Miriam die Bestie unschädlich gemacht hatte.

Blinzelnd blickte Miriam in den Schein der Taschenlampe von Leonie und Felix, die außer Atem den Freunden zu Hilfe eilten.

„Was ist los? Was ist passiert?"

Leonie rüttelte Miriam, die neben Paul kniete und abwesend ins Leere starrte, an den Schultern.

„Ist es tot?", fragte Felix, der den fremden Körper auf den Rücken drehte. Die Freunde wichen zurück, denn sie konnten kaum glauben, was sie da sahen: Vor ihnen lag eine zierliche Frau mit rotblonden, wild zerzausten langen Haaren. Die Haut war vom Wetter gegerbt und der schlanke Leib in einen schwarzen Filzumhang gehüllt.

„Mensch, Alter, wie krass! Das ist 'ne Hexe!", sagte Felix fassungslos zu seinem Freund und klopfte ihm dabei auf die Schulter.

❀

Frisch gebrühter schwarzer Kaffee schwappte über den Rand der Tasse mit dem Werbeaufdruck eines in Heidingsfeld angesiedelten Möbelriesen.

„Zucker und Milch sind leider aus!" Unbeholfen versuchte er das Missgeschick mit einem Taschentuch zu beseitigen. Kommissar Anton Strahl war sichtlich mit der gesamten Situation im Polizeirevier Heidingsfeld überfordert. Warum nur war sein Chef nicht erreichbar?

Es war kurz vor Mitternacht gewesen, als ein wichtiger Anruf in dem kleinen Haus am Dürrenberg eingegangen war, in dem Strahl mit seiner Mutter wohnte, und ihn von seiner Lieblingsbeschäftigung – er bastelte im Hobbykeller gerade an seiner elektrischen Eisenbahn - wegriss.

Nun hockte er im Polizeirevier und selbst ein Stück Apfelkuchen nach Tante Edeltrauds Rezept, das unberührt auf dem Teller lag, konnte seine Laune nicht aufhellen.

Sandra Murenstein, die Ehefrau des neuen Winzers auf dem Weingut Gutberg, saß Strahl gegenüber und redete unentwegt auf ihn ein. „Hören Sie, diese Hexe muss sofort weggesperrt werden. Sie ist eine Gefahr für die Allgemeinheit. Wie können wir da unsere Kinder noch guten Gewissens alleine auf die Straße schicken?"

Das graue Kostüm mit dezenten weißen Nadelstreifen saß wie immer perfekt. Trotzdem strich sie mit der rechten Hand unentwegt über ihren Rock, als würde der Stoff ein Dutzend widerspenstige Falten haben. Zwischendurch prüfte Sandra Murenstein ihren strengen blonden Haarknoten am Hinterkopf.

Die Familie lebte erst seit einem halben Jahr auf dem Weingut Gutberg, doch Anton Strahl fand, dass die Murenstein jetzt schon ein Abbild der großen Diva Anna Gutberg war.

„Ich möchte jetzt sofort Hauptkommissar Frank Talberg sprechen! Es ist mir egal, wie spät es ist! Als Bürgerin von Heidingsfeld habe ich ein Recht auf Unterstützung von Seiten der Polizei."

Kritisch beäugte die besorgte Mutter den Kaffeebecher, bevor sie einen kleinen Schluck daraus nahm. Mit angewidertem Gesicht stellte sie das Gebräu auf den Schreibtisch zurück.

„Also, was ist jetzt? Helfen Sie mir oder nicht?", fragte sie. Dabei lehnte sie sich etwas mehr als nötig nach vorne, so dass Strahl direkt in ihren üppigen Ausschnitt schauen konnte. Sie hielt kurz den Blickkontakt, um dann geschäftig auf dem Schreibtisch nach Notizblock und Kugelschreiber zu suchen. Dabei strich sie dem Kommissar kaum spürbar über den Handrücken.

„Haben Sie die private Telefonnummer von Hauptkommissar Talberg? Dann kümmere ich mich eben selbst darum."

Das ließ er nicht auf sich sitzen. Traute die attraktive Frau ihm denn gar nichts zu?

„Das ist nicht nötig! Schließlich handelt es sich hier um einen Notfall. Ich werde persönlich dafür sorgen, dass der Hauptkommissar ins Polizeirevier kommt." Anton Strahl lächelte die Dame an und nahm ihre Hand. „Machen Sie sich keine Sorgen, Frau Murenstein! Auf uns können Sie zählen!"

Sie zwang sich zu einem gequälten Lächeln und zog ihre Hand aus dem Klammergriff des Beamten. Anton Strahl erhob sich ruckartig, streifte einen gestrickten Pullover über und machte sich Richtung Weinstube auf, um seinen Chef zu holen.

Mit einem selbstzufriedenen Grinsen strich Sandra Murenstein erneut über den Rock und prüfte nochmals ihren Haarknoten.

❀

In der Dunkelheit war nur die Silhouette der schlafenden Frau zu erkennen. Süßlicher Geruch mischte sich mit kühler Nachtluft, die in den Raum drang. Hauptkommissar Frank Talberg stand am offenen Fenster des Fremdenzimmers der Weinstube in der Klingenstraße und blies Zigarettenrauch in den Nachthimmel. Seit mehr als zwanzig Jahren hauste er bereits dort.

Er beobachtete Sarah Bergmann schon eine ganze Weile. Der Brustkorb der Gerichtsmedizinerin hob und senkte sich in einem gleichmäßigen Rhythmus, der zur Stille der Nacht passte. Zuvor hatten sie sich geliebt, wie jeden Dienstagabend, den einzigen Tag in der Woche, der nur den beiden allein gehörte.

Seit ein paar Monaten waren seine geschiedene Kollegin und er ein Paar. Sie hatten so ihre Probleme, aber eigentlich war Talberg zufrieden. Für ihn war es ein großer Schritt gewesen, diese Beziehung überhaupt einzugehen. Oft vergaß Sarah das und so waren Auseinandersetzungen vorprogrammiert. Talberg diskutierte nicht gerne, sondern genoss lieber die wenigen Freuden, die das Leben für ihn zu bieten hatte. Rauchen war zwar ein Laster, aber für ihn ein Genuss, dem er seit einigen Wochen, nach fünfjähriger Abstinenz, erneut erlegen war.

Er schnippte die Kippe durchs Fenster und wollte sich gerade wieder zu seiner Freundin legen, als er auf der Straße eine Gestalt wahrnahm, die sehr rasant auf den Eingang der Weinstube zukam. Er erkannte die Person trotz der Dunkelheit sofort. Diese Gangart gehörte zweifelsfrei zu Kommissar Anton Strahl.

❀

Zwei grüne funkelnde Augen beobachteten Frank Talberg misstrauisch. Der zierliche Körper der Frau war angespannt. Sie saß auf der Stuhlkante und ihre Hände umklammerten die Armlehnen. Es sah so aus, als wollte sie jeden Augenblick aufspringen und davonrennen.

„Sie müssen mit mir reden! Wer sind Sie und was ist Ihnen passiert?“, fragte der Hauptkommissar die verwahrloste ängstliche Frau besorgt. Diese gab nur ein leises Wimmern von sich und wiegte ihren Oberkörper vor und zurück.

Es war mittlerweile fünf Uhr morgens. Sarah Bergmann und ihre Tochter Miriam hatten bereits vor Stunden das Polizeirevier verlassen, nachdem die Aussagen der vier Teenager aufgenommen worden waren. Sandra Murenstein hingegen ließ sich nur schwer davon überzeugen, dass ihre Mithilfe in dieser Angelegenheit erst einmal ausreichend war. Sie vertraute Talberg keineswegs. Denn als sie die mysteriöse Frau wegen Körperverletzung anzeigen wollte, hatte er nur verächtlich gelacht.

„Eine Frau, die nicht spricht und dem Anschein nach seit mehreren Jahren im Wald haust, wollen Sie anzeigen? Wer weiß, was ihr zugestoßen ist? Ich glaube, wir haben gerade andere Probleme, als dass ihr Sohn ein paar Kratzer abbekommen hat.“

Diese Aussage des Hauptkommissars genügte Sandra Murenstein, eine Dienstaufsichtsbeschwerde einreichen zu wollen. Drohend und schimpfend verließ sie endlich das Revier.

Nun waren Talberg und Strahl mit der Unbekannten allein. Die Hoffnung, durch die eingekehrte Ruhe würde sie sich öffnen und ihre Sicht der Dinge schildern, erfüllte sich nicht.

Eine Tasse mit warmem Tee und ein paar Kekse standen bereit, doch die Frau rührte nichts davon an.

„Hören Sie! Ich kann Ihnen helfen! Es wird Ihnen niemand etwas antun! Hier sind Sie in Sicherheit!"

Frank Talberg ging in die Hocke und blickte in ein verzweifeltes Gesicht. Die Frau antwortete nur mit einem Kopfschütteln. Tränen liefen ihr über die Wangen. Der große Filzumhang verdeckte ihren Leib. Es war also schwer auszumachen, ob die Frau noch andere Verletzungen besaß außer der Kopfwunde, die Miriam ihr zugefügt hatte. Bald würde ein Arzt kommen und für Klarheit sorgen.

Vielleicht war es an der Zeit, eine Pause einzulegen. So jedenfalls würden die Kommissare nicht weiterkommen.

„Leider muss ich Sie noch hierbehalten, bis Ihre Identität geklärt ist und Sie Ihre Aussage zu den Anschuldigungen der Teenager gemacht haben."

Talberg gab Strahl ein Zeichen, die Frau zu der einzigen Zelle, die das Heidingsfelder Polizeirevier im Rathaus hatte, zu führen. Was immer dieser Frau auch passiert ist, Talberg hoffte, sein Versprechen, die Frau zu schützen, einhalten zu können.

2

Fünf Jahre meines Lebens habe ich mit ihm verbracht. Das ist genauso lange wie eine Amtsperiode des Landtags in Bayern. Oder das Alter meiner Tochter verdoppelt. Eine Zahl, die – und dazu brauche ich keine Formel zum Errechnen – stets hinter dem Wort Mathematik in meinem Oberstufenzeugnis stand. Selbst meine bisherigen Beziehungen kamen nicht annähernd an diese Zeitspanne heran.

Wenn sie sich selbst beruhigen wollte, hatte sie die Angewohnheit, Dinge, die eigentlich nichts miteinander zu tun hatten, gedanklich zu verknüpfen. Das lenkte sie ab und milderte die Nervosität. Tanja Talberg war ganz in ihre Gedankenwelt versunken. Ihre kurzen schwarz gefärbten Haare standen elektrostatisch in die Höhe. Ihr Kopf lehnte an der Fensterscheibe des Zugs in Richtung Würzburg. Die blaugrauen Augen blickten auf die vorbeirauschende Landschaft, doch nahmen sie davon nichts bewusst wahr.

Warum nur hatte ihr Vater sie im Spätsommer 1985 bei den Großeltern in München zurückgelassen? Es war schwer für das Mädchen gewesen, wie ein Waisenkind aufzuwachsen. All ihre Fragen nach den Eltern wurden nur dürftig beantwortet. Ihre Großeltern setzten darauf, dass Kinder in so einem zarten Alter irgendwann aufhörten Fragen zu stellen, wenn es ihnen an nichts fehlte und sie glücklich waren.

Doch das tat Tanja nie, auch wenn sie die Fragen niemals mehr laut aussprach.

Irgendwann war es dann so weit: Sie wollte selbst die Antworten finden. Nun saß sie mit ihren dreiunddreißig Jahren im Zug mit dem Ziel, die Geschichte ihrer Eltern herauszufinden. Den Aufenthaltsort ihres Vaters hatte sie dank ein paar guten Kontakten, die sie als Journalistin besaß, ziemlich rasch herausgefunden.

Um ihren Vater unauffällig beobachten zu können, beschloss Tanja in der Wohnwagensiedlung am Main in Heidingsfeld unterzuschlupfen. Kürzlich hatte sie einen Artikel über Alfons Traunstein und seine Vorstellungen über das einfache Leben in der Würzburger Tageszeitung *Mainblatt* gelesen. Vielleicht konnte sie eine Reportage über die Lebensgeschichten der einzelnen Bewohner schreiben.

Aber das Wichtigste war ihr Vater. Sie wusste nicht, was sie für ihn empfinden sollte. Hass? Wut? Sie atmete tief durch und dachte: Hauptkommissar Frank Talberg, ich komme! Mach dich auf was gefasst!

Tanja nahm einen großen Schluck Kaffee aus dem Pappbecher. Sie wusste genau, dass man sich auf so eine Situation nicht vorbereiten konnte.

❀

Die kleinen gelben Flammen fraßen sich durch die dünnen Zweige und die Papierschnipsel, um sich zu einem großen Feuer zu entfalten. Ringsherum war eigens eine fünfzig Zentimeter tiefe und einen Meter breite Grube dafür ausgehoben. Alfons Traunstein saß auf seinem Campingsessel und hielt einen Stock, gespickt mit einer Wurst, in das lodernde Feuer. Neben ihm auf der Erde stand ein Blechbecher, gefüllt mit einem Spezialgebräu, welches er selbst zubereitet hatte. Diese Rezeptur, deren Zutaten streng geheim waren, war bei den Siedlungsbewohnern und Besuchern sehr beliebt.

Auf der großen Wiese am Mainufer standen drei Wohnwagen und ein Bauwagen. Ein separater, für die milderen Tage eingerichteter Dusch- und Badebereich sowie ein Wäscheplatz rundeten die Kolonie ab. Der mittlere Wohnwagen besaß einen kleinen festen Anbau und gehörte einer Familie mit zwei Kindern, die gerade für ein halbes Jahr nach Spanien gereist war.

Alfons, der dreiundsiebzigjährige Gründer der Wohnwagensiedlung, vermisste die Kinder jetzt schon. Letzten Sommer bemalte er mit den beiden sein kleines mobiles Heim, so dass schon von Weitem der Beginn der Siedlung durch bunte Blumen gekennzeichnet war.

Es war am frühen Morgen. Alfons wartete bereits sehnsüchtig auf den Neuzugang der Kolonie. Er liebte Geschichten, die solche Durchreisenden aus der Fremde mitbrachten. Gestern kam der Anruf der Frau, die sich als „einfach nur Nele“ vorstellte und nach einer Unterkunft für ein paar Tage fragte, da sie dann weiter Richtung Süden wollte. Das passte ihm perfekt, wo doch der größte Wagen in der Siedlung gerade leer stand. Kopfzerbrechen bereitete Alfons allerdings eine Bitte von Hauptkommissar Frank Talberg: ob er nicht einen hilfesuchenden Schützling aufnehmen könne.

❀

Tanja war höchstens drei Meter von ihnen entfernt. Lachte und scherzte mit Alfons. Dabei fuhr sie sich öfter als nötig durch die kurzen Haare.

Unter ihrer grauen Kapuzenstrickjacke trug sie ein dunkelblaues Kleid und dazu Stiefel. Doch als Erstes fiel ihm die zarte feine Nase der Frau auf.

Frank Talberg hielt kurz inne, denn er war von der gesamten Erscheinung der jungen Frau irritiert. Er hatte keine Erklärung dafür, nur ein merkwürdiges Gefühl in der Magengegend und dies verhieß eigentlich nichts Gutes. Langsam ging er weiter auf die beiden zu, die nur noch durch das Lagerfeuer von ihm getrennt waren.

„Guten Morgen! Na, wen haben wir denn da?“ Alfons versuchte wohlwollend zu klingen, denn das Aussehen von Talbergs Begleiterin war gewöhnungsbedürftig. Noch immer sprach die verwahrloste Frau kein einziges Wort.

Der Hauptkommissar versuchte Tanja zu ignorieren und sich darauf zu konzentrieren, weshalb er hier war. Aber es gelang ihm nicht wirklich.

„Können wir unter vier Augen miteinander reden?“ Mit ernster Miene blickte Talberg zu Alfons.

„Ja, natürlich! ‚Mutti‘ wird sich um deinen Schützling kümmern.“ „Mutti“ war um die sechzig und die fürsorgliche Seele der Siedlung. Sie bewohnte den etwas abseits gelegenen dritten Wohnwagen.

Tanja sprang von der Bierbank auf und wollte sich gerade zu einem Spaziergang verabschieden, als Alfons sie am Ellenbogen festhielt.

„Ich hab euch noch gar nicht vorgestellt. Das ist Hauptkommissar Frank Talberg und hier haben wir unseren Neuankömmling Nele."

Zwei blaugraue Augenpaare trafen sich kurz. Geistesabwesend schüttelte Tanja Talbergs Hand und suchte sofort das Weite.

„Was für eine süße Nase!", schwärmte Alfons. „Aber immer in Eile, die jungen Leute!", fügte er noch hinzu und bat seinen Gast, Platz zu nehmen.

Tanja kam allerdings nicht weit. Sie lehnte an der Rückseite von Alfons' Behausung und rang nach Luft. Jetzt bloß nicht die Nerven verlieren! Einmal tief durchatmen und dann ist alles wieder okay. Sie schloss die Augen. Ganz anders hatte sie sich die erste Begegnung mit ihrem Vater vorgestellt. Sie musste sich eingestehen, dass sie nicht wirklich einen guten Plan hatte. Es ging ihr alles viel zu schnell. Vielleicht war es keine so gute Idee, ihn überhaupt zu treffen. Warum kam ihr dieser Gedanke erst jetzt? Sie neigte dazu, mit dem Kopf durch die Wand zu gehen, aber was war, wenn sie hier tatsächlich eine knallharte Geschichte enthüllen würde, die ihre gesamte Familie in Gefahr brächte? Dies könnte sie sich niemals im Leben verzeihen.

❀

„Du sagst, sie hat mindestens zehn Jahre im Wald gelebt?" Alfons staunte nicht schlecht, hörte Talberg weiter zu und steckte sich dabei seine bereits gestopfte Tabakspfeife an.

„Wir haben leider noch nicht viel herausgefunden. Wir wissen noch nicht, wer sie ist, woher sie kommt oder warum sie die Jugendlichen im Wald angegriffen hat. Sie ist gesund.

Nichts deutet momentan auf ein Gewaltverbrechen hin, obwohl sie ein paar alte Narben hat, die von Übergriffen stammen könnten."

Frank Talberg nahm einen kräftigen Schluck von Alfons' Spezialgebräu. Egal aus was dieses Getränk gemixt war, es schmeckte gut und beflügelte. Talberg hoffte insgeheim, als Polizist nicht gegen das Betäubungsmittelgesetz zu verstoßen.

„Warum spricht sie nicht?", fragte Alfons nachdenklich. „Ist sie stumm?"

„Sie hat große Angst! Aber wovor oder warum ...?", sprach Talberg jetzt mehr zu sich selbst. „Hör zu, Alfons! Schärf deinen Leuten ein, niemandem zu erzählen, dass sie hier ist. Verstanden?"

„Geht klar! Du weißt aber, in Hätzfeld* spricht sich so was schnell herum."

Alfons hatte recht. Allzu lange könnte die Unbekannte hier nicht ungestört leben.

„Ich wollte sie nicht tagelang in die Zelle sperren. Wenn etwas ist, ruf mich sofort an! Egal, wie spät es ist!"

„Verstanden!" Alfons salutierte scherzhaft.

Talberg musste dem Oberhaupt der Kolonie vertrauen, etwas anderes blieb ihm gerade nicht übrig. Doch irgendetwas behagte ihm nicht. Diese Frau war nicht einfach so zufällig aus dem Wald aufgetaucht.

❀

Zahlreiche Sterne schmückten den klaren Himmel. Die Nacht war kühl. „Mutti" saß in eine Decke eingekuschelt vor

* Mundartlich für Heidingsfeld

ihrem Wohnwagen und bestaunte das schöne Naturschauspiel. Das tat sie öfters in der Nacht. Doch heute konnte sie allerdings nicht einschlafen.

Es war ungewohnt, mit einer fremden Person das eigene kleine Heim zu teilen. Seit zwei Tagen kümmerte sie sich um die mysteriöse Frau, deren Alter schlecht zu schätzen war. „Mutti" vermutete zwischen Ende dreißig und fünfundvierzig Jahren.

Sie liebte Alfons für sein manchmal leichtsinniges Vertrauen. Er fragte nie nach Herkunft oder Beweggrund, wenn sich ihm jemand anschloss. So war auch ihre Vergangenheit den anderen Bewohnern nicht bekannt.

Für Alfons Traunstein zählte nur das Hier und Jetzt. Seine leichtfüßige Lebensart gefiel nicht jedem Bürger von Heidingsfeld. Schon längere Zeit war die Wohnwagenkolonie vielen ein Dorn im Auge. Besonders, seit vor ein paar Monaten Mona und Theresa mit ihrem Bauwagen in die Siedlung eingezogen waren. Die beiden Studentinnen platzierten sich gegenüber von Alfons buntem Wagen. Sie ließen nichts aus, um alle Welt zu provozieren. „Mutti" wartete nur darauf, dass sie alle wegen der uneinsichtigen jungen Frauen vertrieben wurden.

Plötzlich nahm sie eine Gestalt wahr, die unmittelbar neben ihr stand. „Aber ..." Es ging alles viel zu schnell. Sie spürte eine eisige Klinge an ihrem Hals. Der Schnitt war perfekt. Blut quoll „Mutti" aus Mund und Kehle. Sie würgte kurz, ehe sie für immer verstummte. In den weit aufgerissenen Augen der Toten spiegelten sich lodernde Flammen. Ihr gesamtes Hab und Gut brannte lichterloh.

3

Das Diktiergerät in Sarah Bergmanns rechter Hand zitterte leicht. Nicht nur der grausame Anblick der toten „Mutti" machte Sarah zu schaffen. Sie sorgte sich um Frank Talberg, der kreidebleich und geistesabwesend neben ihr stand. Dennoch fuhr sie in ihrer Beschreibung fort: „Todeszeitpunkt vermutlich zwischen drei und vier Uhr morgens. Langer horizontaler Schnitt durch die Kehle, wahrscheinlich zugefügt durch einen dünnen scharfen Gegenstand."

Sie unterbrach die Aufnahme, steckte das Diktiergerät in die Jackentasche und wollte gerade Talberg in den Arm nehmen, als dieser die gut gemeinte Geste dezent abwehrte und fragte: „Was ist mit der Waldfrau?"

„Tot! Beide sind tot!" Aufgeregt kam Alfons über die Wiese der Kolonie geeilt. Weinend und schimpfend ging er direkt auf den Leichnam von „Mutti" zu, wurde aber von Kommissar Anton Strahl aufgehalten.

„Lassen Sie mich sofort durch!" Alfons versuchte sich aus dem festen Griff des Beamten zu befreien.

„Beruhigen Sie sich! Das hier ist ein Tatort, da können Sie nicht einfach so hereinmarschieren." Strahl hatte Mühe, Alfons festzuhalten.

„Tatort? Das ist mein eigenes kleines Dorf und die Bewohner sind meine Familie!" Er sackte zusammen. Gemeinsam mit ein paar Einsatzkräften brachte Strahl Alfons erst mal außer Sichtweite des Geschehens.

„Ist die Waldfrau wirklich umgekommen?"

Mit versteinertem Gesichtsausdruck blickte Talberg auf die verkohlten Überreste des Wohnwagens und dann zu Sarah Bergmann.

„Das können wir noch nicht genau sagen, bisher wurde kein zweiter Leichnam gefunden. Wie du siehst, ist die Spurensicherung gerade dabei, alles genau zu untersuchen. Es wird ein bisschen schwierig werden und Zeit in Anspruch nehmen. Das Feuer hat ordentlich gewütet. Und jetzt am Wochenende sind viele Kriminaltechniker schwer erreichbar." Die Gerichtsmedizinerin strich vorsichtig über Talbergs Rücken und widmete sich sofort wieder ihrer Arbeit.

Schaulustige drängelten hinter der Absperrung und reckten den Hals. Jeder der Neugierigen wollte einen Blick auf den ausgebrannten Wohnwagen werfen. Aber aus der Entfernung war nicht allzu viel auszumachen. Die Menschenmenge sah sich ratlos um. Aber eine stets gut informierte Hätzfelderin, die deshalb von allen nur die „Gscheide" genannt wurde, wusste mehr zu erzählen. Paula Sprung wurde schon sehnsüchtig erwartet. Ihre Hände tief in der geblümten Kittelschürze vergraben und das Gesicht von einem blauen Kopftuch umrahmt, kam sie zu den gespannten Zuhörern gelaufen: „A Waldhex woarsch! A richdiche Hex! Gschrie hats wie aufn Scheiderhaufe."

❀

Tanja kauerte hinter der Plastikplane im Badebereich und beobachtete ihren Vater. Vielleicht galt der Mordanschlag ja mir? Jemand wollte verhindern, dass ich Kontakt zu meinem

Vater aufnehme. Oh mein Gott! Aber außer Lukas, ihrem Mitbewohner in München, wusste niemand von ihrem augenblicklichen Aufenthaltsort. Sei doch nicht so naiv, Tanja, ermahnte sie sich selbst. Wenn ihre Eltern in eine brisante Geschichte verwickelt waren, stand sie gegebenenfalls schon seit Jahren unter Beobachtung.

Mit ihren schlanken Fingern spielte sie nervös an der Unterlippe. Sie musste sofort handeln, bevor noch mehr passierte, und Talberg reinen Wein einschenken. Tanja lief entschlossen aus ihrem Versteck und rief schon von Weitem: „Herr Hauptkommissar! Ich muss sofort mit Ihnen sprechen!"

Talberg drehte sich zu ihr um und plötzlich vermischten sich Realität und Fiktion. Vor seinem geistigen Auge sah er Blut, überall Blut und es war ihm zumute, als höre er die verzweifelten Schreie von schwer verletzten Menschen. Dann war da Feuer und eine junge Frau mit einer zarten feinen Nase.

Er ließ Tanja stehen, passierte eilig die Absperrung und machte sich den Weg durch die fragenstellende Menschenansammlung frei. Die „Gscheide" ließ nicht locker und folgte dem Hauptkommissar hartnäckig.

„Gell, a Hex woarsch?"

Talberg knurrte nur ein „Jetzt nicht!" und sah schleunigst zu, dass er vom Tatort wegkam. So konnte es mit ihm nicht weitergehen, er musste endlich etwas gegen seine Dämonen tun, bevor sie ihn komplett auffraßen.

❀

Die friedliche Idylle, die einst diesen Ort ausmachte, war durch das grausame Verbrechen verlorengegangen. Durch den Löscheinsatz der Freiwilligen Feuerwehr war der Großteil der Wiese in ein Schlammloch verwandelt worden.

Die Einsatzkräfte der Polizei schlossen fürs Erste ihre Arbeiten ab und verließen Zug um Zug den noch nicht freigegebenen Tatort. Wie ein großer eingeschmolzener schwarzer Klumpen sah „Muttis" ehemalige Behausung aus.

Alfons Traunstein trotzte schweren Herzens dem Anblick, denn er wollte etwas zur Ruhe kommen und sich nicht den Badetag verderben lassen. Also zog er den Vorhang zu, der sich an der freistehenden Badewanne befand. So fühlte er sich gleich entspannter und lehnte den Oberkörper zurück. Er reckte das Gesicht in die Nachmittagssonne und ließ sich von den milden Strahlen verwöhnen. Nachdem er den schwarz-grauen Bart gestutzt und die kinnlangen, ebenfalls graumelierten Haare gewaschen hatte, tauchte er kurz unter, um die Seife abzuspülen.

Beim Auftauchen fiel ihm sogleich ein Schatten ins Auge. Jemand stand hinter der Plane des Badebereichs.

„Hallo? Hallo? Wer ist denn da?" Alfons wartete einen kurzen Moment auf Antwort, erhob sich dann aber aus der Wanne, um den Dingen auf den Grund zu gehen. Doch die Stelle, an der die Gestalt gestanden hatte, war leer.

„Alphonse!" So französisch und mit einem dramatischen Unterton versehen, konnte nur eine seinen Namen aussprechen: Weingutsbesitzerin Anna Gutberg. Wie eine Filmdiva stieg sie aus ihrem schwarzen Land Rover. Selten sah man die schick gekleidete Frau, die aus einem verarmten

Adelsgeschlecht stammte, aber trotz allem die klischeehaften Allüren einer Adeligen besaß, ohne ihren heiß geliebten Fächer. So hielt sie ihn auch jetzt in der Rechten.

Langsam schritt sie auf Alfons zu. „Bitte!“ Jetzt hob sie den Fächer direkt vor ihren hübsch wippenden grauen Pagenkopf. „Bitte, mein Freund, zieh dir doch etwas an! Du empfängst gerade eine Dame!“ Dabei streckte Anna ihre linke Hand Alfons hin, der einen Handkuss andeutete und erwiderte: „Meine kleine Diva! So hat uns Gott nun einmal geschaffen!“ Dabei zwinkerte er ihr schelmisch zu.

„Alphonse!“ Anna schüttelte ihre Frisur auf und ging voraus in Richtung des bunten Wagens.

Ängstlich blickte Alfons sich um, ob ihm vielleicht doch noch etwas Verdächtiges in der Wohnwagensiedlung auffiel.

❀

„Dafür hast du unsereins verraten?“ Anna Gutberg blickte verächtlich auf die wenigen Habseligkeiten von Alfons herab. Eine Sitzecke, ein Bett und ein für das Innenleben des kleinen Wohnwagens zu großes Bücherregal zierten den Raum.

„Ach Anna! Das verstehst du nicht! Ich habe mir nie viel aus Geld gemacht. Hier habe ich doch alles, was ich brauche!“ Dabei goss er aus einer Blechkanne sein Spezialgebräu in zwei Gläser.

„Ich glaub dir kein Wort! Du warst so ein angesehener Mann und ...“

„Und jetzt nicht mehr?“ Erbost sah er Anna in die kalten blauen Augen.

Diese hielt dem Blickkontakt nur kurz stand, ehe sie ihren schwarzen, dezent bestickten Fächer aufklappte und wie einen kleinen Schutzschild vor ihrem Gesicht platzierte. Mit einer eleganten und graziösen Handbewegung begann Anna die stickige Luft in Alfons' Wohnwagen zu verwirbeln. Sie war als eiskalte Lady bekannt, die, wenn es um ihre Ehre und ihren Stolz ging, äußerst skrupellos handelte. Nur bei Alfons war das anders. Von ihm ließ sie sich zähmen.

„Aus ganz Bayern kamen meine Gäste angereist. Monate im Voraus war das ‚Traunsteins' bereits ausgebucht." Alfons sah, in Erinnerung schwelgend, Szenen aus seinem früheren Leben als erfolgreicher Drei-Sterne-Koch deutlich vor sich. Zu den oberen Zehntausend, wie er es immer ausdrückte, hatte er gezählt. Aus diesen Kreisen ist ihm nur die schöne, aber unbequeme Witwe Anna Gutberg geblieben.

Er lächelte und nahm Annas Hand, um diese erneut zu küssen. Doch sie ließ es nicht zu und drehte sich eingeschnappt zur Seite.

„Das hier ist doch kein Leben für dich! Du verkriechst dich nur hinter dieser Fassade! Herr Traunstein sagt Nein zur Konsumgesellschaft! Ich hab diese Dummheiten von dir neulich im Mainblatt gelesen und wäre beinahe über dieser Zeitungsausgabe in Ohnmacht gefallen!"

Es folgte eine endlos lange Minute des Schweigens. Alfons stand von der knarrenden Holzbank auf und nahm neben Anna Platz.

„Anna! Ich weiß, du bist sehr einsam, gerade nachdem deine einzige Enkeltochter viel zu früh von uns gegangen ist. Aber, wenn du dich so dafür schämst, hierherzukommen, dann ist das deine Sache. Ich will davon nichts hören! Meine Tür steht jedenfalls immer für dich offen."

Plötzlich wurde ihr Gespräch von Mona unterbrochen, die ohne anzuklopfen den Kopf durch die Tür steckte. „Alfons! Kannst du bitte mal kommen? Ich muss dir was zeigen!"

„Schämen Sie sich denn gar nicht, junge Frau, hier einfach so hereinzuplatzen?" Entsetzt schüttelte Anna den Kopf.

Mona antwortete keck: „Nee! Ihr seid doch beide noch angezogen!"

Anna wollte sich gerade aufplustern, wurde aber sofort von Alfons gebändigt: „Komm! Reg dich nicht auf! Hier ist schon genug passiert. Ich will meine Ruhe! Und du, Mona, hältst gefälligst den Schnabel!"

❀

An der Stelle, an der „Mutti" tot aufgefunden worden war, stand ein leerer 1985er Müller-Thurgau-Kabinett-Bocksbeutel, aus der eine brennende weiße Kerze herausragte. Was Alfons jedoch mehr irritierte, war ein Jugendfoto von „Mutti", das eingerahmt im Schlamm steckte. Er konnte sich nicht daran erinnern, dass „Mutti" näheren Kontakt zu anderen Menschen hatte als zu denen, die in der Kolonie lebten.

„Schau! Die Leute fühlen mit uns und denken an sie!" Mona hatte Tränen in den Augen.

„Ja! Das ist wunderschön!" Alfons nahm Mona in den Arm und tröstete sie. Dabei sah er sich erneut beunruhigt um.

4

Die Worte, die sich wie das giftige Bellen eines Köters anhörten, verloren bei Frank Talberg schnell ihre Wirkung. Schon seit einiger Zeit schaltete er auf Durchzug. Er wusste mittlerweile, dass es ein großer Fehler gewesen war, die verwahrloste Unbekannte in der Wohnwagensiedlung unterzubringen. Die Standpauke von Peter Bergmann, dem neuen Leiter der Mordkommission Unterfranken, war also mehr als überflüssig. Er behandelte Talberg wie einen kleinen Schuljungen und es war nur eine Frage der Zeit, wie lange dieser das noch duldete. Schließlich war Bergmann nicht sein Chef, hatte nur bei den Ermittlungen in diesem Mordfall das letzte Wort und sollte es sich daher bei seinem Kollegen, auf dessen Mithilfe er angewiesen war, nicht verscherzen.

„Bergmann, Sie haben mir diesbezüglich gar nichts zu sagen und das wissen Sie auch." Genervt stand Talberg auf, ging zum Fenster und drehte dem Ermittlerteam, das sich in seinem Büro versammelt hatte, den Rücken zu.

„Wir haben eine Dienstaufsichtsbeschwerde von einer Frau Murenstein, weil Sie sich geweigert haben, eine Anzeige wegen Körperverletzung aufzunehmen. Es gab sogar eine Zeugin!"

Darum ging es also, dachte sich Talberg. Die Zeugin war Peter Bergmanns Tochter Miriam gewesen und wenn es um sie ging, sah der Vater rot.

„Dann bringen Sie die Tatverdächtige, deren Identität

nicht einmal geklärt war, in einer Hippiekommune unter. Sie haben den Bogen mal wieder mächtig überspannt, mein Lieber!" Wütend knallte Bergmann die Fallakte auf den Tisch. Dabei zuckte ein Nerv an der Schläfe, der durch die Glatze noch besser zur Geltung kam. Jeder der Anwesenden wusste, dass es um mehr als nur um die Polizeiarbeit ging.

„Kommen Sie morgen wieder als Überraschungsgast? Wenn ja, hätte ich gerne ein Laugencroissant!" Talberg hasste es, wenn Sarahs Exmann einfach unverhofft auftauchte.

Bergmann startete bereits einen Gegenangriff, doch Sarah erhob sich und fuhr ihm über den Mund: „Zeit ist bei unserer Arbeit ein wichtiges Gut. Deshalb lasst sie uns sinnvoll nutzen!" Dabei sah sie „ihre Männer" erbost an.

Gemeinsam mit Kommissar Anton Strahl versuchte sie anhand der bereits ausgewerteten Ergebnisse den Tathergang zu rekonstruieren. Dazu setzte sich Strahl auf einen Stuhl, denn er sollte die ermordete „Mutti" darstellen.

„Wir fanden sie schräg sitzend im Campingsessel, circa zwei Meter von ihrem Wohnwagen entfernt. Der Täter muss sie von hinten überrascht haben." Sarah ging auf Strahl zu und demonstrierte den Kollegen das gerade Erläuterte. Sie stellte sich links hinter ihn und stellte den Übergriff nach. „‚Mutti' muss den Täter bemerkt haben. Wir wissen bereits, dass der Fundort der Leiche auch der Tatort ist. Die Größe des Täters lässt sich nur schwer feststellen. Der Schnitt am Kehlkopf ist dafür nicht aussagekräftig genug. Der Täter könnte sich auch zu ihr heruntergebeugt haben oder sie ist kurz aufgestanden. Zweifelsfrei ist er Rechtshänder."

Peter Bergmann notierte sich etwas und fragte: „Also, sowohl ein Mann als auch eine Frau würden als Täter in Frage kommen?“

„Ja, so ist es! Alle weiteren Auswertungen habe ich in den nächsten Tagen. Was die Waldfrau betrifft, kann ich jetzt sicher sagen, dass sie nicht im Wohnwagen umgekommen ist.“

Diese Nachricht sorgte für erstaunte Gesichter.

„Dann müssen wir sie schleunigst finden! Vielleicht galt der Brandanschlag ja auch ihr“, bemerkte Peter Bergmann.

In dem Punkt waren sich alle einig, dass das Auffinden der verängstigten Frau oberste Priorität hatte. Diese Aufgabe übernahm Talberg gerne. Sah er sich doch den Kollegen gegenüber in der Pflicht, seinen Fehler wiedergutzumachen.

Sarah blätterte in ihren Unterlagen und fügte hinzu: „Interessant ist, dass der Täter einen Brandbeschleuniger verwendet hat. Er wollte also auf Nummer sicher gehen, damit auch wirklich nichts von dem Wohnwagen übrig bleibt.“

„Vielleicht ist der Mord an dieser „Mutti“ ja ein Versehen gewesen!“ Erstaunt waren alle Augenpaare auf Strahl gerichtet, der in seiner Erklärung fortfuhr: „Vielleicht ging es von Anfang an nur um einen Denkzettel für die Kolonie. Wäre nicht das erste Mal, wenn ich da an die letzten Monate denke!“

Strahl hatte recht, dachte sich Talberg. Aber die Brutalität des Täters passte nicht in das vorherige Schema, dessen Vergehen an Dummejungenstreiche erinnerte. Es gab einige Möglichkeiten, die zu diesem grausamen Verbrechen führten, aber sie standen erst ganz am Anfang der Ermittlungen und so gab es bisher nur vage Vermutungen.

Die Besprechung war beendet und die ersten Ermittlungs- und Rechercheaufgaben in dem Mordfall verteilt, sodass sich nur noch Talberg und Sarah im Konferenzraum aufhielten.

„Na, sehen wir uns heute Abend? Es ist wieder Dienstag!" Zärtlich hauchte Talberg Sarah seinen Wunsch ins Ohr.

Sarah packte ihre Sachen zusammen und ignorierte geschäftig Franks Frage. Er ließ nicht locker. Sie sah heute wieder umwerfend aus in dem engen schwarzen Oberteil, das ihre Figur betonte, und dem geschmackvollen rot gemusterten Rock. Die dunklen Haare trug sie im Nacken zusammengebunden.

Frank lehnte sich zu ihr an den Tisch und wollte sie gerade an den Hüften zu sich ziehen, als sie erwiderte: „Frank, was sollte das gerade? Ich will Berufliches und Privates trennen. Du weißt, wie wichtig mir das ist."

Frank ignorierte die Ernsthaftigkeit der Entgegnung. „Das ist wohl ein schlechter Scherz! Dann hättest du dir keine Männer von der Polizei aussuchen sollen!"

Er lächelte und startete erneut einen Annäherungsversuch. Sarah roch den Alkohol.

Jetzt wurde sie wütend und stieß ihn von sich. „Ich meine das ernst! Was ist eigentlich zurzeit mit dir los? Du lässt mich nicht an dich heran, dann kann ich dir auch nicht helfen!" Sarah wartete auf eine Erklärung, wusste aber nur zu gut, dass er ihr keine befriedigende Antwort geben konnte. „Ich kann nicht mehr! Es ist für uns beide besser, wenn du erst einmal dein Leben in den Griff bekommst."

Frank lachte verächtlich. „Und was ist mit deinem Leben? Findest du es normal, dass dein Ex ständig bei dir auftaucht, wann immer es ihm gerade passt?"

„Ja und? Wir haben schließlich eine gemeinsame Tochter!"

Diese Aussage traf Talberg mitten ins Herz. Jetzt wurde er wütend und konfrontierte seine Partnerin mit einem heiklen Thema, von dem er gehofft hatte, sie würde es ihm selbst erzählen. „Ach ja! Ihr seht euch wegen eurer Tochter? Und warum hast du dann vor, gemeinsam mit ihr nach Hamburg zu gehen? Dachtest du, ich bekomme nicht mit, dass du dich dort auf eine Stelle beworben hast?"

Sarah war überrascht und wollte sich erklären, fand aber keine Worte.

„Schon gut! Wenn ich unser Gespräch richtig verstanden habe, bist du mir sowieso keine Erklärung mehr schuldig." Verletzt nahm der Hauptkommissar seinen Mantel von der Stuhllehne und ging.

❀

Es war bereits später Nachmittag. Letzte Sonnenstrahlen kämpften sich durch die dichte Laubpracht des Waldes. An welchen Orten suchte man nach einer Frau, die es eigentlich gar nicht gab? Keiner schien sie zu vermissen. Die Datenbank der Polizei gab ebenfalls keine Auskunft über die zarte Person. Bereits vor meheren Tagen wurde nach irgendetwas Greifbarem an der von den Jugendlichen beschriebenen Stelle im Wald gesucht. Selbst der Förster hatte sie niemals zuvor gesehen. Auch eine Hütte, in der sie vielleicht die letzten Jahre festgehalten wurde, oder ein primitiver Unterschlupf konnten nicht ausfindig gemacht werden. Dennoch beschloss Talberg, nochmals zusammen mit Strahl im Wald nach ihr zu suchen.

An einer Abzweigung trennten sich die Wege der Polizisten und Talberg lief direkt auf einen Balance-Parcours des Trimm-Dich-Pfads zu. Er ließ sich dazu hinreißen, auf einem der Balken zu balancieren. Doch schon nach wenigen Schritten landete Talberg wieder auf dem moosigen Waldboden.

Plötzlich nahm er aus dem Augenwinkel einen glänzenden Gegenstand im nahen Dickicht wahr. Ein kleines silbernes Schmuckkästchen kam zum Vorschein, auf dem ein Mädchenkopf eingraviert war.

Gerade wollte Talberg das Fundstück genauer in Augenschein nehmen, als ihn ein Kieselstein am Rücken traf. Rasch steckte er das mögliche Beweisstück ein. Jetzt kam ein ganzer Beschuss von Steinchen und Talberg suchte Schutz hinter einem Baumstamm. Er zog seine Dienstwaffe und versuchte in die Richtung zu gelangen, in der er den Angreifer vermutete.

Dann war es still, viel zu still. Ein Vogel flog krächzend über ihn hinweg. Knackendes Geäst verriet Talberg, dass jemand dabei war, sich aus dem Staub zu machen. Er wollte die Verfolgung aufnehmen, konnte jedoch niemanden sehen. Er hörte nur jede einzelne Bewegung, die Atmung und ihm war so, als könne er sogar den schweißig würzigen Geruch des Übeltäters riechen.

Es wurde erneut auf Talberg gezielt. Zum Glück verfehlte der Kiesel sein rechtes Auge, traf ihn jedoch an der Schläfe.

Der pulsierende Schmerz zwang ihn in die Knie.

Talberg wurde klar, dass er es mit einem unnachgiebigen Gegner zu tun hatte. Wer immer ihn wütend machen wollte, er hatte sein Ziel erreicht.

Schwerfällig kam er wieder auf die Beine und richtete die Waffe in das Halbdunkel des Waldes. Achtsam drehte er sich einmal im Kreis, nahm wieder den beißenden Geruch wahr und zielte dann direkt auf ein bekanntes Gesicht. Vor ihm stand Kommissar Anton Strahl.

„Verdammt! Wir wurden reingelegt! Wer spielt da Katz und Maus mit uns?" Talberg brüllte die Worte in die grüne Stille.

Strahl sah mitgenommen aus. Sein Hosenlatz stand offen. Vermutlich wurde er beim Erleichtern überrascht. Auch er war von einem Stein getroffen worden. An seinem Hinterkopf war eine Platzwunde zu sehen.

Talberg wurde schwindelig und er befühlte seine Schläfe. Mit der linken Hand suchte er Halt an einem Baum.

Talberg atmete durch und brach die Suchaktion ab. Der Angreifer war sicherlich bereits über alle Berge, dachte er. Verärgert trat er mehrmals gegen einen Baumstamm. Was er dann sah, erstaunte ihn. Am Fuß der Baumes lag ein ganzer Haufen Kieselsteine. Jetzt wurde er noch wütender und schrie erneut seinen Frust in den Wald hinein.

Ihr stockte der Atem. Die grünen Augen waren weit aufgerissen. Nur wenige Zentimeter trennten die Waldfrau vom Hauptkommissar. Verkrampft presste sie die Steinschleuder an ihren schlanken Körper. Ihr war bewusst, dass sie einen

Fehler begangen hatte. Niemals hätte ihr das Schmuckkästchen aus dem Umhang fallen dürfen und niemals durfte sie erneut entdeckt werden. Sonst war alles aus, alles!

5

Das malerische Örtchen hielt schon rein optisch sein Versprechen, eine künstlerische Perle am Main zu sein. Von Eibelstadt kommend, begrüßte als Erstes das kleine Torturmtheater Sommerhausens Gäste. Nicht nur Veit Relins spektakuläres Theater, sondern auch zahlreiche Kunstgalerien, Bühnen und kulinarische Gaumenfreuden prägten dieses Kleinod. Neben der prächtigen Bartholomäus-Kirche befand sich ein kleines gemütliches Künstlercafé, wo Hauptkommissar Frank Talberg eine wichtige Verabredung hatte.

Die Nervosität war Michael Karl ins Gesicht geschrieben. Mit zittrigen Händen begutachtete er das Foto der schönen jungen Frau. Zwei grüne Augen strahlten aus dem schneeweißen sommersprossigen Gesicht, das von der rotblonden langen Haarmähne umrahmt wurde. Auf der Rückseite stand mit Bleistift eine kurze Notiz geschrieben: *Micha Karl, 1997 Ochsenfurt.*

„Angelika war damals dreiundzwanzig Jahre alt. Das Foto habe ich gemacht. Wir waren ungefähr vier Jahre ein Paar."

Erwartungsvoll blickte er Frank Talberg an, der ihm ein weiteres Porträt vorlegte, diesmal mit einem weniger erfreulichen Anblick. Eine verwahrloste Frau starrte Micha an.

Erschrocken wich er zurück.

„Herr Hauptkommissar, ich würde Ihnen gerne helfen, aber ich will mit dieser ganzen Sache nichts mehr zu tun haben!"

Jetzt verschränkte er die Arme vor der Brust und schielte nach der Bedienung, um seinen Zahlungswunsch zu äußern.

Talberg musterte seinen Gesprächspartner ganz genau. Er konnte diesen Micha bisher schlecht einschätzen.

„Würden Sie also bestätigen, dass die beiden Frauen auf den Fotos jeweils Angelika Baumgärtner sind?"

Micha überlegte kurz, bevor er antwortete. „Ja! Leider! Hier sehen Sie, das Muttermal am Hals und die kleine Zahnlücke."

Talberg nickte zustimmend. Soweit war er bereits selbst mit seinen Ermittlungen gekommen, als er den Inhalt des Schmuckkästchens geleert und außer diesem Bild noch weitere gefunden hatte. Eines zeigte ein älteres Paar auf einem braunen Sofa. Das zweite war ein Gruppenfoto mit kleinen Jungen und Mädchen, womöglich in einem Kindergarten aufgenommen. Herzstück war allerdings ein schöner Schmuckanhänger an einer Silberkette.

Talberg stellte das Kästchen auf den Tisch und schob es hinüber zu Micha. Dieser haderte schwer mit sich und bat schließlich: „Ich möchte in Nichts hineingezogen werden! Ich sage nur etwas, wenn Sie dieses Treffen als niemals stattgefunden betrachten!"

Talberg hatte nur ein Schmunzeln für ihn übrig.

„Ich bin mittlerweile verheiratet und habe einen kleinen Sohn! Das alles ist schon über zehn Jahre her und ich hab mit der Geschichte abgeschlossen!" Der Mann sah vollkommen verzweifelt aus.

„Erzählen Sie mir Ihre Geschichte, danach kann ich feststellen, ob ich Sie in Frieden weiterleben lassen kann."

Talberg wartete auf eine Reaktion. Als diese ausblieb, wurde er wütend: „Seien Sie doch mal ein richtiger Kerl! Wenn Sie Angelika auch nur im Geringsten geliebt haben, dann helfen Sie ihr!“

Micha bestellte für sich zwei Obstler, schüttete die kleinen Gläser in einem Zug herunter und sagte: „Sie haben ja recht! Mich hat das Ganze sowieso nie richtig losgelassen. Vor allem, als sie damals einfach spurlos verschwand.“

Er offenbarte eine sehr fragwürdige Geschichte. Gespannt hörte Talberg zu und notierte wichtige Details.

Im Jahr 2002 waren die Pflegeeltern von Angelika, das Paar auf dem Sofa, bei einem Brand in ihrem Einfamilienhaus in Ochsenfurt umgekommen. Kurze Zeit später hatte die gelernte Erzieherin ihr gesamtes bisheriges Leben einfach so zurückgelassen. Sie war wie vom Erdboden verschluckt, selbst die Polizei konnte keiner brauchbaren Spur mehr nachgehen.

„Wir hatten uns kurz zuvor getrennt, weil an eine gemeinsame Zukunft mit ihr nicht mehr zu denken war.“ Schweren Herzens erinnerte sich Micha an diese schreckliche Zeit zurück. Er hatte sie als neugierige, nette junge Frau kennengelernt. Sie führten eine harmonische Beziehung bis zu jenem Tag im September. Plötzlich sei sie wie ausgewechselt gewesen. Ängstlich saß sie Stunden am Fenster, weil sie dachte, sie würde beobachtet. Später traute sich Angelika kaum noch aus dem Haus, was zur Folge hatte, dass sie ihren Arbeitsplatz im Kindergarten verlor.

„Sie hat immer gesagt: Er ist wieder da und verfolgt mich! Er sieht jetzt aus wie der Teufel! Alles nur Schwachsinn! Ich hab nie jemanden gesehen und die Polizei glaubte ihr irgendwann auch nicht mehr."

„Wissen Sie etwas über Angelikas leibliche Eltern?"

Talberg bestellte noch zwei Espressos.

„Nein! Ich wollte sie zu nichts drängen und dachte, wenn die Zeit reif ist, erfahre ich es." Micha nahm noch einmal das Foto seiner einst reizenden Freundin in die Hand. Zu dem Schmuckanhänger konnte er keine Auskunft geben, bestätigte aber, dass das Kästchen mit dem Mädchenkopf zweifelsfrei Angelika gehörte.

Misstrauisch fragte Micha Talberg nach seiner üblen Wunde neben dem Auge, doch Talberg antwortete geschickt, um ihn nicht zu beunruhigen: „Sie wissen doch, wie Frauen manchmal sein können!" Irritiert lächelte Micha den Hauptkommissar an.

❀

Tanja wartete in Alfons' Wohnwagen auf ihn. Sie war sich noch unsicher, ob sie ihn über den wahren Grund ihres Besuchs in Heidingsfeld aufklären sollte. Aber vielleicht kannte er ja die heikle Vergangenheit ihres Vaters. Schließlich waren die beiden befreundet. Würde Alfons ihr dann überhaupt etwas über ihn erzählen?

Ihre Gedanken schweiften ab. Das große, selbst gezimmerte Bücherregal war der Blickfang in der bescheidenen Unterkunft. Birkenrinde diente als urige Frontverkleidung des Buchenholzgestells. So viele Bücher und Alben bekam man selten auf so engem Raum zu sehen. Tanja gefiel es, dass so gut wie fast alles in der Kolonie von Alfons selbst gebaut war. Seine Leidenschaft für das Kochen hatte Tanja bereits durch köstliche Gerichte überzeugt, die sie schon genießen durfte. Deshalb hatte sie sich mit ihm auch heute verabredet. Sie hoffte durch diese Gemeinsamkeit ihm noch ein paar wichtige Informationen aus seinem Umfeld zu entlocken.

Mit dem Finger fuhr Tanja die Buchrücken entlang. Sie spürte einen rauen Stoff. Neugierig nahm sie das Fotoalbum aus dem Regal und blätterte vorsichtig in Alfons alten Erinnerungen. Dabei stach ihr eine Aufnahme sofort ins Auge: Eine kleine Gruppe posierte vor dem Salmannsturm. Sie erkannte sofort den jungen Alfons in Kochkleidung, aber auch eine mädchenhafte „Mutti“ zierte das Bild.

Wie konnte das sein? Er hatte ihr erzählt, dass er „Mutti“ erst seit ein paar Jahren kannte. Damals lebte sie wie auch er, auf einem Campingplatz am Main kurz hinter Heidingsfeld. In der jetzigen, wie er es nannte, noch befreienderen Lebensform wohnte Alfons erst seit ungefähr drei Jahren. Tanja hatte ein komisches Gefühl. Aber vielleicht hatte das alles gar nichts zu bedeuten, versuchte sie sich zu beruhigen. Sie würde Alfons vorerst lieber nicht danach fragen. Instinktiv steckte sie die Aufnahme dennoch ein.

Jetzt entdeckte sie ein weiteres Werk, welches fast noch mehr Erstaunen bei ihr auslöste: *Alfons & Alfons – Echt Fränkische Küche.* Auf dem Buchcover lächelte Alfons Schuhbeck mit Alfons Traunstein um die Wette.

„Wow!“ Tanja setzte sich auf die Eckbank und schaute erregt die beiden Sterneköche an. Sie konnte sich keinen Reim darauf machen, warum ein Mensch mit allem bricht, um dann so ein überschaubares einfaches Leben zu führen.

„Nele! Wo ist denn deine süße Nase? Die Pfanne ist schon heiß!“ Sie hatte gar nicht bemerkt, dass Alfons wieder in der Kolonie war. Die Rufe kamen aus seiner Außenküche, die er an der hinteren kurzen Seite des Wagens angebaut hatte. Hastig stellte Tanja das Kochbuch an seinen Platz zurück und hechtete nach draußen.

„Männer, die so gut kochen können, sind Mangelware! Und da bist du Single?“ Scherzhaft versuchte Tanja etwas mehr über Alfons in Erfahrung zu bringen.

„Single? Aber ich bin doch nicht alleine! Ich hab doch euch!“ Alfons zwinkerte ihr zu, portionierte die Rinderfilets auf zwei Teller, träufelte mit einem Esslöffel eine würzige Schokoladensoße darüber und schmückte diese Extravaganz mit jeweils drei Kartoffeltörtchen.

Sie machten es sich in der Nähe der Feuerstelle an einem kleinen Holztisch gemütlich. Das Essen schmeckte, wie nicht anders zu erwarten, köstlich.

Dennoch unterbrach Tanja das genussvolle Essen. „Mir liegt etwas auf der Seele!“

„Du musst dir um mich keine Sorgen machen! Ich komme alleine klar! Das habe ich auch schon Mona und Theresa gesagt. Ich verstehe, wenn ihr nach all dem, was geschehen ist, weiterziehen wollt.“

Jetzt schämte sich Tanja, denn ihr ging es vor allem um ihre eigene Sache. Sie nahm Alfons' Hand und wollte gerade etwas erwidern, als er sie bat, aus dem Wohnwagen seine Pfeife samt Tabak zu holen.

Tanja kam dieser Bitte gerne nach, als sie bemerkte, wie nah Alfons der Tod von „Mutti“ ging und er gerade versuchte, dagegen anzukämpfen. Auf der Schwelle zum Wohnwagen blieb Tanja jedoch ratlos stehen. Die Tischplatte der Sitzecke im Innern schmückte auf einmal ein seltsames Kunstwerk: ein Haus aus lauter Spielkarten.

Plötzlich stand Alfons dicht hinter ihr. Erschrocken starrte er auf den Eichel-Ober, der mit Degen und erhobenem Zeigefinger eine Kampfansage sowie Tadel zu signalisieren schien. Das gesamte Kartenhaus war nur aus Exemplaren dieser einen fränkischen Schafkopfkarte aufgestellt.

Rasch fing sich Alfons wieder und sagte belustigt: „Das war sicher Mona. Die liest öfters Bücher aus meiner Bibliothek, und so ein Unfug", dabei deutete er auf das seltsame Gebilde, „kann nur ihr einfallen!"

Tanja glaubte ihm kein einziges Wort. Am liebsten hätte sie dem Oberhaupt der Kolonie tausend Fragen an den Kopf geworfen.

Alfons entging der entrüstete Gesichtsausdruck nicht. Er hatte ihre Intelligenz unterschätzt. Als könne er ihre Gedanken erraten, sagte er hart: „Ich glaube, es ist besser, wenn du die Siedlung erst einmal verlässt!"

6

Sie zögerte einen Moment, bevor ihre Hand die verschnörkelte Türklinke betätigte. Frank Talberg saß gleich gegenüber dem Eingang an einem der Tische in der Weinstube und war in seine Zeitung vertieft. Er sah sehr mitgenommen aus, und das Veilchen am Auge unterstrich noch diesen sorgenvollen Anblick.

Tanja zögerte erneut. Jetzt hatte sie noch Zeit, auf der Türschwelle umzukehren, doch Hedwig, die Wirtin, bemerkte sie und ermutigte sie mit einem einladenden „Grüß Gott".

Talberg blickte gewohnheitsgemäß auf, wie man das instinktiv immer tut, wenn ein neuer Gast eintritt. Doch dieses Mal schenkte er der ankommenden Person mehr Beachtung. Er legte das *Mainblatt* zur Seite und bot Tanja einen Platz bei sich an.

„Servus, Frau Nele! Was verschafft mir diese Ehre?"

Frank versuchte locker zu bleiben, obwohl er spürte, wie sich jeder Muskel in seinem Körper zusammenzog. Hedwig brachte unaufgefordert zwei Gläser von dem süffigen Frankenwein. Tanja wehrte zunächst ab, denn so lange wollte sie gar nicht bleiben. Aber wie hatte sie sich den Verlauf ihres Besuchs vorgestellt? Lächelnd nahm Tanja das Glas entgegen und versuchte den Augenkontakt zu Talberg zu vermeiden, was er ihr sehr schwierig machte.

Provozierend lehnte er den Oberkörper nach vorne und legte die verschränkten Arme auf die Tischplatte, was zur

Folge hatte, dass er nur wenige Zentimeter von Tanja entfernt war. Das machte sie unruhig und so trank sie erst einmal einen Schluck Wein. Frank tat es ihr gleich und bestellte eine ganze Flasche bei Hedwig, die das ganze Zusammenspiel jetzt äußerst kritisch beobachtete.

Talberg fühlte sich zu der jungen Frau auf für ihn unerklärliche Weise hingezogen. Das gefiel ihm keineswegs. Dennoch versuchte er ein einigermaßen sinnvolles Gespräch zu führen.

„Alles in Ordnung in der Siedlung? Mit Alfons? Wollen Sie das Angebot annehmen und vorerst in der Weinstube unterkommen, bis wir die Ermittlungen abgeschlossen haben?"

All die gestellten und ihre eigenen Fragen schwirrten Tanja im Kopf herum. Es war schwer, einen klaren Gedanken zu fassen. Sie zwang sich zu einer Antwort: „Ja, ein Zimmer in der Weinstube ..."

Talberg ließ sie nicht ausreden und fuhr ihr ungehalten ins Wort: „Nele, Sie waren auf der Durchreise! Was war der Anlass, in Heidingsfeld einen Stopp einzulegen? Sie passen nicht so wirklich in Alfons' Lebensmodell!"

Talberg tadelte sich innerlich. Von einem vernünftigen Gespräch war er weit entfernt. „Entschuldigen Sie, Nele! Ich bin momentan etwas angespannt. Der Fall verlangt mir und meinem Team viel ab! Das soll jetzt kein Kreuzverhör werden."

„Ist schon in Ordnung! Ich hätte Sie nicht einfach unangemeldet in Ihrem Feierabend stören dürfen."

Sie prosteten sich lächelnd zu und Tanja begann anschließend zu erzählen. „Ich bin freie Journalistin aus München und möchte inkognito mehr über Alfons' Lebensform herausfinden."

Talberg war überrascht. Alfons hätte mit Sicherheit nichts dagegen, wenn er von dieser Sache wüsste. Warum also verdeckt recherchieren? Als er die ehrgeizige Frau darauf hinwies, meinte sie nur: „Ich finde das alles so viel spannender!"

„Ach ja? Finden Sie es aufregend genug, dass es sogar einen Brandanschlag und eine Tote gegeben hat?"

Diese Journalisten waren doch alle gleich, dachte sich Talberg. Hauptsache, eine gute Story, die sich verkaufen lässt. Seit seinem letzten Fall war der Hauptkommissar kein Freund der Presse mehr.

Tanja erwiderte daraufhin: „Also gut, ich werde mit Alfons über die Reportage sprechen. Vielleicht hat er selbst noch ein paar gute Ideen. Pressescheu ist er ja nicht gerade!" Tanja zeigte ihrem Vater ihr schönstes Lächeln. Der aber verzog keine Miene. Er verschränkte die Arme vor der Brust, lehnte sich zurück und symbolisierte somit, nicht weiter auf dieses Thema eingehen zu wollen.

Um die Stimmung wieder aufzulockern, versuchte sie es mit „Hübsch ist es hier!". Tanja drehte sich um und begutachtete den rustikal eingerichteten Schankraum, der typisch für eine fränkische Weinstube war.

Der Hauptkommissar steckte sich eine Zigarette an, was Hedwig gar nicht gefiel. Solange keine anderen Gäste anwesend waren, duldete sie diese Angewohnheit jedoch. Talberg musterte Tanja von der Seite. Diese feinen Gesichtszüge, die Stimme, an irgendwen erinnerte ihn diese Frau, das hatte er bereits bei ihrer ersten Begegnung bemerkt. Hastig richtete sich Talberg wieder auf und drückte die Zigarette in einem Teelichthalter aus. Tanja sah ihm jetzt direkt in die Augen.

Talberg hielt dem Blickkontakt stand und fragte: „Was wollen Sie von mir, Nele?“ Es kam nicht gleich eine Antwort. Er sah ihre zuckenden Mundwinkel und es kam ihm so vor, als kämpfte sie mit den Tränen. Dann schloss die schöne Journalistin für einen kurzen Moment die Augen.

Etwas gefasster legte sie eine Fotografie auf die Tischplatte und sagte: „Ich weiß nicht, ob diese Aufnahme wichtig für Ihre weiteren Ermittlungen ist, aber ich hatte da so ein Gefühl!“ Tanja stand zum Gehen auf, verabschiedete sich dürftig und lief eilig zur Tür. Talberg nahm das Foto an sich und hechtete ihr sofort hinterher.

Draußen auf der Straße versuchte Talberg mit Tanjas strammem Gang mitzuhalten. „So warten Sie doch! Was ist denn nur los mit Ihnen?“

Tanja drehte sich kein einziges Mal zu ihrem Vater um. Sie liefen weiter am Haigelsbach entlang und steuerten auf das Speierloch zu. Jetzt rannte Talberg ein paar Meter, um zu Tanja aufzuschließen. Er hielt sie an der rechten Schulter fest und zwang sie damit zum Stehen.

„Was wissen Sie über ‚Mutti‘? Was verschweigen Sie mir?“ Erwartungsvoll schaute Talberg die Journalistin an, die ihre Tränen nicht mehr zurückhalten konnte.

Ungehalten schlug sie auf die Hand des Hauptkommissars, um sich zu befreien. Dann schluckte Tanja ein paar Mal, ehe sie ihren Emotionen freien Lauf ließ und schrie: „Ich weiß überhaupt nichts! Das ist mir auch alles scheißegal!“

Talberg war mit der gesamten Situation überfordert. Er hatte nicht mit einem derartigen Gefühlsausbruch gerechnet.

Tanja konnte sich nicht mehr beruhigen. Heftiges Weinen schüttelte ihren gesamten Körper und all die angestaute Wut über ihren Vater schwamm an die Oberfläche.

Talberg ging jetzt wieder ein paar Schritte auf Tanja zu und wollte sie in die Arme nehmen, doch sie wehrte sich erneut dagegen und brüllte ihn an: „Mensch, Talberg! Erkennst du denn nicht einmal deine eigene Tochter?" Sie sank auf die Knie. „Ich bin es doch, Tanja! Die kleine Tanja!"

Wenn es Momente im Leben gab, in denen man sich völlig leer fühlte und nichts mehr spürte, dann war dies genau solch einer, dachte Talberg, bevor er sich zu ihr herunterbeugte. Er half ihr auf die Beine und schlang seinen Arm um sie. Schluchzend zitterte sie am ganzen Leib. Stumm gingen sie zurück zur Weinstube.

Die erste Aufregung hatte sich gelegt und ging jetzt in eine peinliche Stille über. Hauptkommissar Frank Talbergs Verhalten bei Herzensangelegenheiten war nicht besonders vorbildlich. Der Einzelgänger tat sich bei zwischenmenschlichen Beziehungen schwer. Tanja saß mit tränennassem Gesicht und eingehüllt in Talbergs Mantel auf dessen Bett. Sie sah schlecht aus. Gegenüber, auf einem unbequemen Holzstuhl, saß ihr Vater und grübelte darüber nach, was nun zu tun war. Dabei stützte er den Oberkörper mit den Armen auf den Schenkeln ab und starrte auf den schäbigen grauen Teppichboden des Fremdenzimmers. Mit dem linken Schuh trat er auf die kleinen abgewetzten Stellen, als könnte er sie dadurch stopfen. Als diese Tätigkeit dem Hauptkommissar allmählich zu dumm wurde, fasste er sich ein Herz, riss sich zusammen und fragte Tanja unbeholfen: „Also gut, was willst du jetzt von mir hören?“

Talberg stand auf und lief ein paar Schritte auf das Monetgemälde an der Wand zu. Tanja fühlte sich gerade nicht in der Lage, auch nur einen vernünftigen Satz zu formulieren. Deshalb blieb sie Talberg die Antwort auf seine Frage erst einmal schuldig.

Genau vor dieser Situation hatte er Angst gehabt. Davor, dass seine erwachsene Tochter ihn irgendwann aufsucht, um ihn dann für seine Fehler verantwortlich zu machen. Er hasste sich selbst dafür, dass er es nicht geschafft hatte, nach dem Unglück und dem Verschwinden ihrer Mutter ein guter Vater zu sein.

Sein Blick ruhte auf dem Klatschmohn. Auch wenn er dieses Bild schon zigtausend Mal betrachtet hatte, kam es ihm heute verändert vor. Die Mutter mit dem Sonnenschirm. Das Kind neben ihr. Die Mohnblumen. Die gesamte Stimmung drückte etwas anderes aus. Erst bei näherer Betrachtung fiel ihm auf, dass am anderen Ende des Feldes noch ein weiteres Kind und eine Frau standen. Es half alles nichts, Talberg konnte sich nicht in die verträumte Welt des Impressionisten davonstehlen. Er musste mit Tanja reden.

So begann er von sich aus zu erzählen. „Du warst damals gerade ein paar Monate alt und ich hatte Dienst auf dem Oktoberfest.“ Er dachte an Sanne, Tanjas Mutter, deren wunderschöne Nase die Tochter geerbt hatte. Die Wahrheit über den Verbleib ihrer Mutter würde er noch nicht erzählen.

So schilderte Talberg den schwärzesten Tag in seinem Leben: den 26. September 1980. Seine Polizeikollegin hatte keine Chance gehabt. Sie starb in Talbergs Armen. Sie war eines der Opfer des schrecklichen Attentats auf dem Oktoberfest gewesen. Talberg gab sich noch heute die Schuld dafür. Wäre er doch nur an ihrer Stelle zum Haupteingang gegangen.

Vielleicht erzählte er dieses dunkle Kapitel in seinem Leben Tanja etwas zu abgebrüht, aber es war ihm gerade nicht anders möglich. Vorsichtig setzte er sich neben seine Tochter aufs Bett. „Ich weiß, es war ein Fehler, dich mit fünf Jahren alleine zu lassen. Aber glaube mir, du hättest nicht an meiner Seite sein wollen. Ich wäre kein guter Umgang für dich gewesen. Mit Oma Hilde und Opa Georg ist dein Leben besser verlaufen."

„Ach, und das kannst du beurteilen?" Tanjas Stimme war wieder da.

„Nein, wahrscheinlich kann ich es nicht." Zögerlich nahm er Tanjas kalte Hand in die seine. Es war wie der Versuch eines Ertrinkenden, an etwas Greifbarem Halt zu finden. Sie ließ es zu. Talberg deutete diese Geste als ein kleines Zeichen von Verständnis.

Fast eine Stunde saßen die beiden schweigend Hand in Hand nebeneinander. Die geblümte Bettwäsche, das Monetgemälde, das kleine Pensionszimmer, in dem sie sich befanden – all das passte zu der Vater-Tochter-Beziehung von Talberg und Tanja: Sie waren Fremde füreinander, deren Herzen sich aber nach etwas Wärme und Geborgenheit des jeweils anderen sehnten.

7

Natürlich war es nicht die feine englische Art von Sarah Bergmann gewesen, die weiteren Untersuchungsergebnisse durch ihren Exmann an Talberg zu übermitteln. Sie wusste ganz genau, dass die beiden kein gutes Verhältnis zueinander hatten. Aber für sie war diese Handlung die einzige Möglichkeit gewesen, trotz der Tatsache, dass sie Arbeitskollegen waren, Abstand zu Talberg zu halten.

Sarah Bergmann parkte gerade ihren blauen Golf vor der Weinstube, denn eine Aussprache mit Frank war unausweichlich. Schließlich empfand sie immer noch mehr für ihn, als ihr lieb war. Im Rückspiegel prüfte sie ihr Aussehen und zog ihre Lippen mit einem dezenten roten Lipgloss nach. Als das erledigt war, griff sie nach der Brötchentüte, aus der es verlockend nach frischen Laugencroissants duftete.

Wie schon so häufig lief Sarah zielgerichtet zur Treppe, die hinauf in den ersten Stock und dort zu Talbergs Zimmer führte. Doch dieses Mal hechtete ihr völlig ungewohnt Hedwig hinterher und verwickelte sie in ein belangloses Gespräch über das Wetter. Die Wirtin war sonst nicht so gesprächig und machte sich deshalb sehr verdächtig. Sarah antwortete höflich und stellte belanglose Fragen, obwohl ihr gerade alles andere als nach Small Talk zumute war.

„Der Hauptkommissar ist gar nicht da. Ich glaube, der ist zum Joggen gegangen.“ Jetzt stellte sich Hedwig mit sorgengefälteter Stirn Sarah direkt in den Weg.

Die Gerichtsmedizinerin schlitzte die Augen und wollte gerade leicht säuerlich etwas erwidern, als sich Franks Zimmertür öffnete. Die schwarzen kurzen Haare der jungen Frau standen in alle Himmelsrichtungen ab. Im knappen Hüftslip und weißen leicht durchsichtigen Trägertop, das jedes Detail ihres schlanken Körpers betonte, lief Tanja über den Flur zur Toilette und grüßte nur mit einem verschlafenen „Guten Morgen!".

Beschämt blickte Hedwig zu Boden, denn sie schmerzte das enttäuschte Gesicht von Sarah. Sie hatte gehofft, Talberg würde endlich seinen Seelenfrieden mit dieser Frau finden.

„Zum Joggen ist Frank gegangen, sagen Sie?" Mit belegter Stimme wiederholte Sarah Hedwigs Auskunft.

Die Wirtin nickte zustimmend und begleitete den Überraschungsgast zurück in die Schankstube. Um weitere Peinlichkeiten zu vermeiden, sagte Sarah beim Hinausgehen: „Danke! Dann probiere ich es später über sein Handy!"

Auf dem Tresen lag eines der frischen Laugencroissants, welches unbemerkt aus der Papiertüte gerutscht war.

❀

Unter der schwarzen Mütze blitzten ein paar aschblonde Haarsträhnen hervor. Dank seiner sportlichen Figur und dem jungenhaften Gesicht wirkte er um Jahre jünger.

Wäre da nicht ein Schatten, der auf seiner Seele lag und Hauptkommissar Frank Talberg deshalb oft grau aussehen ließ. Joggen war für ihn ein lebenswichtiges Elixier, das er besonders in seiner jetzigen Situation wie die Luft zum Atmen brauchte, um wieder auf die Spur zu kommen. Kleine

Schweißkreise bildeten sich auf dem grauen Pulli an Rücken und Brust.

Der gestrige Abend ging ihm einfach nicht aus dem Kopf. Er konnte die Geschehnisse der letzten Stunden in keine klaren Gedanken fassen. Selbst was es ihm bedeutete, seiner Tochter wieder begegnet zu sein, fühlte er nicht.

Ihr letztes Gespräch hatte den aktuellen Fall zum Thema. Tanja hatte ihm angeboten, bei den Ermittlungen zu helfen. Das wollte er nicht. Allein der Gedanke, sie solch einer Gefahr auszusetzen, gefiel ihm nicht. Sie ließ aber nicht locker und so willigte er schließlich ein. Talberg wollte nicht noch einen weiteren Grund, der sie wütend auf ihn machte. Schließlich war sie kein kleines Kind mehr, sondern eine erfahrene Journalistin, versuchte er sich zu beruhigen.

Ein Sprint, beginnend am Hinterausgang des Botanischen Gartens, brachte Talberg über den Leitengraben zur Resenbrücke. Von dort konnte er die Festung Marienberg, den Katzenberg und den Heuchelhof bestaunen. Er hielt kurz an, um ein paar Dehnübungen zu machen.

Von den Bahngleisen unter der Brücke drang ein dumpfes Geräusch heran, das sich rasch zu einem ohrenbetäubenden lauten Zischen entwickelte und einen ICE ankündigte.

Talberg erinnerte sich an das Foto, das er extra eingesteckt hatte, um in einer ruhigen Minute darüber nachzudenken. Er zog die alte Aufnahme aus der Hosentasche und nahm sie genauer ins Visier. Vor dem Salmannsturm reihten sich Bierbänke und kleine Bewirtungsbuden. Im Vordergrund des Bildes posierten neben den bekannten Gesichtern von Alfons und „Mutti“ noch zwei weitere Männer. Einer davon war in ein mittelalterliches Kostüm gekleidet und stand zwischen den beiden. Er hatte den Arm um den Koch und die junge Frau gelegt. Warum verschwieg sein Freund ihm, dass er „Mutti“ bereits so viele Jahre kannte? Angeblich weiß er nicht einmal ihren richtigen Namen. Sie gehörte in der Wohnwagenkolonie bereits zum Inventar, so viel war klar, doch dieses Foto stammte aus einer ganz anderen Zeit. Sollte Alfons, dem er vertraute, ihn angelogen haben, konnte der sich auf etwas gefasst machen.

Mit zusammengekniffenen Augen stellte Talberg fest, dass „Muttis“ Dekolleté ein ihm bekanntes Schmuckstück zierte. Es war der Anhänger aus Angelika Baumgärtners Kästchen. Die Waldfrau und die Personen auf dem Bild – irgendwie hing dies alles miteinander zusammen. Er wusste bloß noch nicht wie.

Eines musste man dem Mädel lassen, dachte sich Talberg. Die zarte feine Nase war zu etwas zu gebrauchen! Verlegen lächelte er und lief weiter Richtung „Städtle“.

8

Zwölf Glockenschläge läuteten die Mittagsstunde in der von Fachwerkhäusern gesäumten Hauptstraße ein. Die kunstvolle Figuren- und Monduhr im Lanzentürmchen des Ochsenfurter Rathauses gab dazu ein wunderschönes Schauspiel. Zwei Ochsen stießen mit ihren Hörnern zusammen, ein Gerippe als Sinnbild der Vergänglichkeit wendete das Stundenglas, während daneben aus einem sich öffnenden Fenster zwei Ratsherren blickten. Am meisten beeindruckte Hauptkommissar Talberg die Scheibe der astronomischen Uhr, die Mondalter und Mondphasen anzeigte.

Ob Angelika Baumgärtner morgens auf dem Weg zur Arbeit diesem Kunstwerk Beachtung geschenkt hatte?

„*hüt.dich.gee.nit.aus.der.greift.man.dich.man.legt.dich. ins.narenhaus.*" Dieser Spruch stand über dem Fenster des sogenannten Narrenhauses, das früher betrunkene Bürger, die zu später Stunde über die Stränge schlugen, in Arrest nahm.

War die verängstigte Frau wirklich geisteskrank und verbannte sie sich deshalb selbst ins Exil? Talberg runzelte die Stirn und zog einen Zettel mit einer Adresse aus der Jackentasche. Der Kindergarten von Angelika musste ganz in der Nähe sein. Er lief linker Hand am Rathaus vorbei und bog in eine kleine Gasse ein. Schon von Weitem vernahm Talberg den typischen Lärm, den Kinder in diesem Alter verursachten. Am Holzzaun des Gartens stand in passender bunter Schrift der Name „Villa Kunterbunt". Hier war er richtig.

„Es ist schon eine ganze Weile her, aber ich habe Angelika niemals vergessen können!" Anja Kessel war Anfang vierzig und trug ihre blonden Locken zu einem buschigen Pferdeschwanz gebunden. Die kleine mollige Frau zog ihre rote Strickjacke enger um den Leib, verschränkte die Arme und beobachtete mit braunen Kulleraugen aufmerksam die Horde Kinder auf dem Spielplatz.

Sie saßen auf einer Bank unter einer Kastanie und Talberg war es unangenehm gewesen, nochmals die schockierenden Fotos der verwahrlosten Angelika zeigen zu müssen. „Wie war sie als Mensch?"

„Angelika war eine liebe Kollegin. Etwas still, manchmal wirkte sie in sich gekehrt. Aber die Kinder liebten sie. Angelika war sehr fürsorglich, manchmal etwas zu viel!"

„Wie meinen Sie das?"

Die Erzieherin strich sich eine gelöste Haarsträhne hinter das Ohr. „Na ja, wir hatten das Gefühl, sie will die Kinder vor irgendetwas Bösem beschützen. Zumindest kurz vor ihrem Verschwinden war das der Fall."

Talberg blickte auf ein kleines Mädchen, das im Sandkasten eifrig ein Loch buddelte. Es erinnerte ihn an seine Tochter, die es liebte, die tiefsten Gruben auszuheben. Als er sein Abschweifen bemerkte, stellte er rasch die nächste Frage: „Glauben Sie, dass Angelika psychisch krank war? Ihr damaliger Partner machte ein paar Andeutungen in diese Richtung."

Anja Kessel atmete tief durch. „Ich weiß es nicht! Ihr

Verhalten änderte sich damals so rasant. Dass sie manchmal etwas bedrückt war, war kein Wunder. Angelika hatte es auch niemals einfach gehabt."

Jetzt wurde Talberg hellhörig.

„Mit elf Jahren ist sie zu ihren Pflegeeltern nach Ochsenfurt gekommen. Ihr ging es dort ganz gut. Das kinderlose Paar hat sich rührend um Angelika gekümmert und sie gefördert, wo es nur konnte. Als diese dann bei dem Hausbrand starben, ist für Angelika eine Welt zusammengebrochen."

„Wo hatte Angelika denn mit ihren leiblichen Eltern gelebt?" Talberg wartete gespannt auf die Antwort.

Anja Kessel überlegte kurz. „Sie hat ein großes Geheimnis daraus gemacht. Niemand wusste etwas über ihre Kindheit, nicht einmal ihr Freund Micha. Ich musste ihr schwören, Stillschweigen zu bewahren. Jetzt ist das ja etwas anderes!"

Plötzlich sprang die Frau von der Bank auf, um zwei zankende Jungen zu bändigen. Langsam ging sie wieder auf den sitzenden Hauptkommissar zu. „Sie ist in Heidingsfeld aufgewachsen! Ihre Mutter lebt, glaube ich, noch, nur ihr Vater ist früh gestorben."

Talberg staunte nicht schlecht. Damit hatte er nicht gerechnet.

Eine weitere Erzieherin trat in den Garten und rief die Kinder zusammen. Es war höchste Zeit für das Mittagessen. Anja Kessel verabschiedete sich zögerlich von Talberg und ging nachdenklich zusammen mit den Jungen und Mädchen ins Haus.

Kommissar Anton Strahl und der Leiter der Mordkommission, Peter Bergmann, erwarteten Talberg schon sehnsüchtig im Heidingsfelder Polizeirevier.

„Da sind Sie ja endlich!“, sagte Bergmann ungeduldig. „Wir müssen dringend in die Gerichtsmedizin. Die Kollegen haben interessante Neuigkeiten für uns!“

„Das habe ich auch für Sie! Angelika Baumgärtner ist ursprünglich aus Heidingsfeld. Ihre Mutter soll sogar noch leben!“

Anton Strahl überlegte und gab sofort etwas in den Computer ein. „Ich werde das prüfen!“, murmelte der Kommissar.

„Sie waren also in Ochsenfurt? Ich dachte, Sie verausgaben sich gerade mit dieser Nele!“, bemerkte Bergmann zynisch und ging Talberg voraus.

Irritiert blickte Talberg zu Strahl, der ratlos die Schultern hob.

„Sie sind mir einer!“, stichelte Bergmann weiter. „Sarah war heute Morgen bei Ihnen in der Weinstube. Aber das geht mich ja alles gar nichts an!“ Er lächelte genüsslich.

Von Anfang an wollte er seine Exfrau keinesfalls an Talberg verlieren. Das hatte Talberg gerade noch gefehlt: Ein derartiges Missverständnis, welches einen weiteren Keil zwischen ihn und Sarah schob.

❀

„Sie hat mehrere unbehandelte und deshalb schlecht verheilte Knochenbrüche!“ Sarah Bergmann erklärte Talberg und ihrem Exmann anhand von „Muttis“ Leichnam das Ergebnis neuester Untersuchungen. „Eine gebrochene Rippe, hier der rechte Zeigefinger und die komplette linke Hand!" Sarah zog sich die Plastikhandschuhe ab und trug etwas in ihre Unterlagen ein.

„Also Opfer von Gewalt oder verursacht durch einen Unfall?" Bergmann stellte diese Frage in den kahlen sterilen Raum unter Tage.

„Ja, durchaus möglich. Die Brüche sind unterschiedlich alt! Rippe und Arm sind ungefähr vor zwanzig oder gar dreißig Jahren gebrochen, der Fingerbruch ist aber erst fünf Jahre alt."

Sarah Bergmann vermied es, Frank Talberg anzusehen. Das entging diesem natürlich nicht. Er musste unbedingt unter vier Augen mit ihr sprechen. Ein schriller Handyklingelton unterbrach das Gespräch. Sarah schaute ihren Exmann ermahnend an.

„Entschuldige, Liebes! Ich weiß, kein Handy hier unten, aber es ist wichtig!" Bergmann verließ das Kellergeschoss, um zu telefonieren.

Unbeirrt und äußerst kühl fuhr Sarah fort: „Am Hals hat sie Striemen und ..."

„Sarah, es ist nicht so, wie du denkst!" Talberg sprach leise zu ihr und rückte ihr versöhnlich näher, doch sie wich einen Schritt zurück.

„Du, das ist deine persönliche Sache. Ich mache nur meine Arbeit und das solltest du auch tun!"

Kühl schaute sie Talberg an, aber er wusste, wie verletzt sie sein musste.

„Sarah, hör mir doch wenigstens fünf Minuten zu!", flehte der Hauptkommissar.

„Also gut!“ Sie verschränkte die Arme und wartete gespannt ab.

„Sie ist meine Tochter!“

Es kam Talberg so vor, als würden die Worte durch den Widerhall des Raums unterstrichen.

„So etwas Geschmackloses als Ausrede hat mir noch kein Mann gesagt. Gerade von dir, Frank, hätte ich etwas anderes erwartet!“

Er wollte etwas erwidern, als Sarah ihn sogleich unterbrach: „Ich will nichts mehr hören! Wir sollten jetzt mit dem Fall weitermachen.“

Sauer schüttelte Talberg den Kopf. Wie konnte sie nur so von ihm denken!

Ausnahmsweise war er froh, als Peter Bergmann zurückkam. Der bemerkte die schlechte Stimmung zwischen den beiden und das gefiel ihm.

Hauptkommissar Talberg hatte beinahe den Plastikbeutel, den er bei sich trug, und dessen wichtigen Inhalt vergessen: die Kette mit dem Schmuckanhänger.

„Kann es sein, dass sie diese Kette getragen hat?“, fragte Talberg und versuchte den Groll, der in seiner Stimme mitschwang, zu unterdrücken. Er zog das wunderschöne Stück aus dem Beutel.

Professionell nahm Sarah die Kette in Augenschein. „Vielleicht! Ich werde untersuchen, ob ich Silberteilchen in der Wunde finde. Die Striemen wurden ihr übrigens erst zugefügt, als ‚Mutti‘ bereits tot war.“

„Du meinst, der Täter oder sonst wer könnte ihr die Kette vom Hals gerissen haben?“ Talberg war verblüfft.

Sarah untersuchte erneut die Wunde und überprüfte eilig diese Möglichkeit im Labor. „Ja! Eindeutig trug ‚Mutti' diesen Anhänger!", kam es durch die offen stehende Tür.

Doch wie kam die Kette nach dem Mord in das Schmuckkästchen?

9

In ihrer Fantasie konnte sich Sandra Murenstein die typische Geschäftigkeit der einstigen Restaurantküche des Weinguts gut vorstellen. Als gelernte Hotelfachfrau war es ihr größter Wunsch, ein eigenes Hotel zu führen – aber ganz nach ihren Vorstellungen und denen ihres Mannes.

Vorsichtig strich sie das weiße Bettlaken, das den Herd abdeckte, wieder glatt. Seit fast einem Jahr war das Restaurant des Weinguts Gutberg geschlossen. Alleine konnte die alte Anna Gutberg so ein Anwesen nicht mehr bewirtschaften und holte sich deshalb Hilfe durch den Winzer Theo Murenstein und seine Familie. Aber die „alte Schreckschraube", wie Sandra Murenstein Anna nannte, wenn sie mit ihrem Gatten alleine war, redete dem Ehepaar in vielen Dingen hinein. Nichts konnte man ihr recht machen, und dazu noch die Launen der Diva auszuhalten, erforderte ein dickes Fell.

Doch das i-Tüpfelchen dieser ganzen Verbindung war, dass sie alle unter einem Dach lebten. Eines war für Sandra Murenstein bereits nach wenigen Wochen klar gewesen: Die Alte musste weg. Wenn Anna Gutberg schon nicht dazu bereit war, an sie zu verkaufen, musste sie eben anders handeln, dachte Sandra und richtete entschlossen ihren strengen blonden Haarknoten.

Die Murensteins wussten, dass die Chance, nochmals an ein so gewinnbringendes Weingut mit exzellenter Lage zu kommen, sehr schwer war. Seufzend drehte Sandra Murenstein der Küche den Rücken und wollte gerade durch die Schwingtür in den Restaurantbereich gehen, als sie Anna dort hineinkommen hörte. Sandra hielt inne, öffnete die Tür aber einen Spalt, um bei dem Telefonat, das Anna führte, mithören zu können. Dabei stellte sie sich seitlich an die Wand, damit Anna sie nicht durch die runde Glasöffnung sehen konnte.

„Alphonse, was bist du nur für ein Schelm!“, kicherte Anna wie ein junges Mädchen in das Handy.

Sandra rollte die Augen. Die positive Veränderung, die Alfons Traunstein bei Anna bewirkte, gefiel ihr nicht. Er war ihr ein Dorn im Auge. Was war, wenn er sie überreden würde, gemeinsam mit ihr das Restaurant neu zu eröffnen? Sandra wurde schlecht. Sie wusste von der ‚Gscheiden‘, dass der Gründer der Kolonie einmal ein sehr erfolgreicher Koch war. Anna nahm an einem der eingestaubten Tische Platz und sprach: „In meiner Küche würdest du ebenfalls eine gute Figur machen, Chéri!“

Doch am Gesicht der Diva konnte Sandra Murenstein deutlich ablesen, dass Alfons diese Idee wohl nicht besonders gut fand. Sie grinste zufrieden, aber sie kannte die Gutberg mittlerweile nur zu gut. Wenn sie etwas durchsetzen wollte, schaffte sie es auch. Also war es an der Zeit, härtere Geschütze aufzufahren als bisher, stellte Sandra fest und strich sich über die einwandfrei sitzende weiße Bluse.

❀

Talberg überraschte Hedwig in der Küche. Sie briet gerade ein Paar Bratwürste und machte dabei Andeutungen über Tanja, aber Talberg ging nicht weiter darauf ein. Für die Wahrheit hatte er jetzt nicht die Kraft. Außerdem war die Weinstube gerade zu gut besucht und ließ deshalb keinerlei wichtige Gespräche zu.

Die besorgte Wirtin ließ nicht locker. Schweren Herzens ließ sich Talberg deshalb zu einem Scherz darüber hinreißen, weil er wusste, mit einer anderen Methode konnte er Hedwig nicht zum Schweigen bringen. „Nicht eifersüchtig sein! Sie sind doch die Einzige für mich!“, sagte Frank spitz.

Das ließ sich Hedwig natürlich nicht gefallen und warf einen nassen Spüllappen nach ihm. Er wünschte ihr daraufhin frech grinsend eine gute Nacht und ging zum Treppenaufgang.

Vor neun Tagen war die Verwahrloste aufgetaucht und der heutige Tag war für die Ermittlungen sehr aufschlussreich gewesen. Sie lagen also gut in der Zeit, dachte sich Talberg. Aber zu viele Fragen blieben noch offen. Und wie sollte es mit Tanja weitergehen? Wenn er die nächsten Tage überstehen wollte, müsste er jetzt endlich eine gute Portion Schlaf abbekommen. Doch da hörte er aus dem hinteren Gaststubenzimmer das Stimmengewirr des Heidingsfelder Frauenkreises. Die „Gscheide“ war gut herauszuhören, denn sie sprach mit verstellter hoher Stimme: „Die glebt, kenna wüßd des, dabei hab i se scho bei dem Alfons gsehn, die vornehme Fraa!“

Anna Gutberg war also öfters mit Alfons zusammen? Das konnte Talberg kaum glauben. So eine Diva verbindet doch nichts mit dem Gründungsvater dieser Kolonie! Er wollte schon unbemerkt an der Gaststube vorbeischleichen, als er abrupt stehen blieb, denn er erkannte die Stimme von Sandra Murenstein. „Der Hauptkommissar soll was mit dieser Nele aus der Wohnwagensiedlung haben!", bemerkte sie gehässig. Ein Raunen ging durch die Runde.

Talberg war überrascht, wie gut die Buschtrommeln in Heidingsfeld funktionierten.

Kopfschüttelnd lief Frank Talberg weiter, als er noch eine weitere interessante Äußerung von einer der jüngeren Damen mitbekam: „Von dem Herrn Hauptkommissar würde ich mir auch gerne einmal die Handschellen anlegen lassen!"

Lautes Gelächter hallte durch die Weinstube und die „Gscheide" stellte noch dazu fest: „Der hat fei noch a schöns gnaggigs Boböle!"

10

Der große Zeh tastete sich entlang der kleinen Schaumblasen am Rand der Badewanne, um dann so unauffällig wie möglich den Weg zu ihrem linken Ohr einzuschlagen.

„Alphonse! Sei nicht albern!“

Anna Gutberg nahm Alfons' Fuß in die Hände und begann ihn zu massieren.

Es war schon dunkel an diesem noch frühen, aber milden Herbstabend. Ein Bad im Freien unter dem wunderschönen klaren Himmelszelt war ein Genuss. In der Kolonie war es ruhig und nur eine Veränderung störte Alfons ein wenig, nämlich dass Tanja wieder in den großen Wohnwagen eingezogen war. Die beiden hatten sich mehr oder weniger ausgesprochen und so hatte Alfons sich überreden lassen und die Obdachlose wieder aufgenommen. Er wird diese Nele auf jeden Fall im Auge behalten, dachte er sich. Doch was es mit den Spielkarten auf sich hatte, darüber wurde bei ihrem Versöhnungsgespräch nicht geredet.

„Alphonse! Woran denkst du gerade?“

Grazil versuchte die in die Jahre gekommene Schönheit ihren Körper mit dem immer mehr schwindenden Schaum zu bedecken. Alfons hatte nur ein freches Schmunzeln dafür übrig und stieß mit Anna an. Sie tranken aus Sektgläsern eine Abwandlung von Alfons' Spezialgebräu auf Eis und mit frischer Minze, welches schnell die Sinne vernebelte.

„Woran soll ein Mann schon denken, wenn er mit einer

reizenden Frau badet?" Alfons sah der eiskalten Lady jetzt tief in die Augen.

Die Gutberg errötete, riss sich aber zusammen und fragte in einem milden und verständnisvollen Ton: „Vermisst du deine Zeit als Sternekoch denn gar nicht?"

Er strich sich etwas Schaum aus dem Bart und antwortete: „Manchmal schon. Aber nicht alles in dieser Zeit war gut." Dann murmelte er leise: „Ich hätte damals beinahe alles verloren!"

Er war sich nicht sicher, ob Anna das gehört hatte, denn sie stellte, ungewöhnlich für ihre hartnäckige Natur, keine Fragen mehr. Sie schwiegen eine ganze Weile, bis Alfons begann, das Bein seiner Dame zärtlich zu küssen.

Da Anna Gutberg keine halben Sachen machte, erhob sie sich aus der Wanne und sagte verführerisch: „Alphonse! Ich warte auf dich im Wohnwagen! Komm in zehn Minuten nach!"

Eines musste man dem verzogenen alten Mädchen lassen, dachte Alfons voller Vorfreude, sie überrascht mich immer wieder. Als sich das Oberhaupt der Kolonie aus der gemütlichen Wärme erheben wollte, glitt er wieder zurück in die Wanne, denn Alfons schwindelte es. Vielleicht war sein Spezialgebräu daran schuld oder das eindeutige Angebot von Anna. Er schloss kurz die Augen und startete einen neuen Versuch. Plötzlich nahm er lautes schwerfälliges Schnaufen unmittelbar in seiner Nähe wahr. Alfons hielt inne und seine Hände umklammerten den Rand der Badewanne.

„Hallo? Anna, bist du das?"

Er wusste, dass es Anna nicht sein konnte. Alfons bemerkte bereits seit Tagen, dass ihn jemand beobachtete. Wer auch immer dahintersteckte, Alfons wollte nicht die Rolle des ängstlichen Opfers übernehmen und stand deshalb entschlossen auf. Der Schwindel war wie weggeblasen. Wütend hob er die schwere Rohrzange auf, die neben der Wanne lag, um, wenn es sein musste, sich damit zu verteidigen. Die nassen Haare, die sonst im Nacken zusammengebunden waren, hingen ihm wie dünne Fäden vom Kopf, der nackte Körper war noch mit Schaumresten bedeckt und die zornig blickenden Augen funkelten. Alfons sah, noch dazu mit seiner improvisierten Waffe, sehr bedrohlich aus, wenn auch auf eine komische Art. Das helle Mondlicht, das auf die Wiese fiel, trug ebenfalls einen Teil dazu bei.

Eine schwarze Gestalt, eingehüllt in einen langen Mantel, lehnte an Alfons' Behausung. Das Gesicht unter der Wollmütze war in der Dunkelheit nicht zu erkennen. Ein kehliges Lachen ertönte in der Dunkelheit. Alfons glaubte für einen Moment, die Stimme zu kennen, konzentrierte sich aber sofort wieder auf den bedrohlichen Gast. Entschlossen sauste er nackig auf sein mobiles Heim zu und schrie barbarisch wie die Angreifer in einem Mittelalterfilm.

Sein Widersacher nutzte die Distanz und machte sich schnell aus dem Staub. Alfons konnte ihn nicht mehr einholen. Trotzdem rannte er den Weg weiter entlang, um sich schreiend abzureagieren. Gerne hätte Alfons dem Fremden das Fell über die Ohren gezogen. Er hatte keine Lust mehr auf diese Spielchen, denn er spürte instinktiv, dass diese Gestalt für die merkwürdigen Rätselbotschaften an ihn verantwortlich war.

Zurück am Wohnwagen, entdeckte Alfons einen Leinensack, aus dem es bestialisch roch.

„Alphonse! Was schreist du denn so? Was ist denn da draußen los?"

Anna hatte er schon fast vergessen.

„Alles in Ordnung, meine Schöne! Ich komme gleich!"

Als er den Beutel öffnete, stockte ihm der Atem. Der grob gewobene Stoff gab eine in Papier eingewickelte tote Ratte frei. In dem kleinen Körper des Tiers steckte ein Dolch. Doch eines setzte dem rüstigen Dreiundsiebzigjährigen am meisten zu: die in schwarzer Schnörkelschrift geschriebenen Worte auf dem blutverschmierten Zeitungspapier. *„Wenn Du versuchst, all Deine Dämonen zu töten, tötest Du vielleicht auch Deine Engel!"*

❀

Das Ermittlerteam stand vor einer grünen Tafel, die mit Fotos von möglichen Tatverdächtigen im Mordfall „Mutti" gespickt war. Die Personaldaten der einst guten Seele der Wohnwagenkolonie konnten noch immer nicht erfasst werden. Der Brand hatte alle Beweise ihrer Existenz vernichtet. Es war nur noch eine Frage der Zeit, dann würden die Kommissare dies noch herausfinden.

„Mona Gerber ist zwanzig Jahre alt und studiert Sonderpädagogik. Ursprünglich kommt sie aus Nürnberg. Ihr Onkel lebt hier in Würzburg. Die Kleine hat eine spitze Zunge und hat sich deshalb öfters mit ‚Mutti' gestritten. Ob das schon ein Mordmotiv ist?"

Peter Bergmann fuhr weiter fort: „Theresa Schmitt ist

dreiundzwanzig Jahre alt und studiert Grundschullehramt. Sie stammt aus wohlhabenden Verhältnissen. Ihre Eltern, beide Ärzte, haben ein großes Anwesen am Dallenberg. Ihr Vater meint, sie wolle nur rebellieren und lebe deshalb in dieser Siedlung. Er erzählte mir auch, dass seine Tochter leicht zu beeinflussen sei, besonders von Mona. Wo wäre hier das Motiv?"

Talberg saß mittlerweile auf einem der Tische des Konferenzraums, begutachtete nachdenklich die einzelnen Personen und ließ sich die Fakten dazu durch den Kopf gehen.

„Alfons Traunstein war früher Sternekoch und besaß ein gutgehendes Restaurant. Das kleine Schlösschen befindet sich etwas außerhalb von Heidingsfeld Richtung Giebelstadt. Ihm gehört das ganze Grundstück, aber nicht mehr. Er kannte unser Mordopfer am längsten."

Der Leiter der Mordkommission biss kurz in eine belegte Semmel und Anton Strahl nutzte die Gelegenheit, um zu mutmaßen: „Angeblich weiß Traunstein nichts aus ‚Muttis' Vergangenheit, aber das Foto vom Salmannsturm zeigt uns etwas anderes. Vielleicht Mord aus Eifersucht? Er wollte die langjährige Geliebte loswerden, weil er jetzt, so hört man es in Heidingsfeld, ein Verhältnis mit Anna Gutberg hat."

Stolz lehnte sich Strahl gegen die Wand und nahm eine siegessichere Pose ein.

„Haben Sie etwa mit unserer ‚Gscheiden' gesprochen, Strahl? Mag sein, dass die beiden auf dem Foto zusammen abgebildet sind, aber deshalb müssen sie früher keinen näheren Kontakt zueinander gehabt haben. Es ist ein Gruppenbild, aufgenommen an einem öffentlichen Fest."

Talberg war über Strahls oberflächliche Schlussfolgerungen erneut erstaunt. Aber Bergmann bemerkte zu Recht, wie sich auch Talberg eingestehen musste: „Das mag ja alles sein, aber unser Koch wird doch trotzdem Vor- und Zunamen der Toten kennen. Ich glaube, der Traunstein verheimlicht uns etwas. Da müssen wir noch mal ran!"

Jetzt säuselte Bergmann: „Bleibt nur noch die süße Nele übrig! Ihre Kragenweite, Talberg! Vielleicht hat die schöne Dunkelhaarige sich absichtlich an Sie herangemacht, um den Verdacht von sich abzulenken!"

Auch Strahl konnte jetzt kein Schmunzeln mehr unterdrücken und blickte seinen Chef an.

„Ganz sicher nicht, liebe Kollegen", entgegnete Talberg. „Außerdem ist das Ganze ein Missverständnis. Zwischen uns ist nichts gelaufen." In einer ruhigeren Minute würde er den Kollegen vielleicht die Wahrheit erzählen. Jetzt sah Talberg keinen Grund, über sein Privatleben zu sprechen.

Als Talberg das Thema gleich nutzte, um nach Sarah Bergmann zu fragen, bekam er von ihrem Exmann nur eine ausweichende Antwort. Wenn sie zu keinem klärenden Gespräch mit ihm bereit war, ihr Pech, dachte sich Talberg trotzig und wandte sich wieder der Tafel mit den Fotos zu.

Was hatte Angelika Baumgärtner mit dem Mord zu tun? War sie selbst ein Opfer und wurde deshalb zur Mörderin? Die Beamten sprachen über die eskalierte Situation im Wald und konnten sich keinen Reim darauf machen.

„Vieles deutet momentan auf Angelika Baumgärtner."

Bergmann hatte leider erneut den Durchblick, musste der Hauptkommissar feststellen. Wer sonst hätte die Halskette von „Mutti“ in das Schmuckkästchen getan, welches dann zufällig im Wald versteckt war? Niemand kannte sich so gut im Wald aus wie Angelika.

„Soll ich meiner Exfrau etwas ausrichten, Herr Hauptkommissar? Ich treffe Sarah nämlich gleich zum Mittagessen.“

Peter Bergmann war der Triumph über Talberg sichtlich anzumerken, aber Frank ließ sich nicht beirren: „Danke! Aber bei einem Gespräch über pubertierende Töchter und Hausverkäufe bin ich, glaube ich, fehl am Platz! Finden Sie nicht auch?“

Gequält lächelnd verabschiedete sich Bergmann von den Kommissaren.

11

Aus dem Nieselregen formten sich Hagelkörner, die hart auf Tanjas roten Regenmantel prasselten. Sie versuchte schneller in die Pedale des knallbunten Damenfahrrads zu treten, aber der steile Berg ließ ihr nicht die Möglichkeit dazu. Es wäre Tanja lieber gewesen, weniger auffällig zu Alfons' Gartengrundstück zu fahren, aber Mona gefielen nun mal kräftige Farben und von ihr musste sie sich dies alles notgedrungen ausleihen.

Der Tag fing schon nicht gut an, als sie am frühen Morgen noch vor dem ersten Kaffee von einer älteren Frau angesprochen wurde. Sie wollte gerade bei der freundlichen Bäckerin im „Städtle" gemütlich die Tageszeitung lesen und sich dazu noch ein Croissant genehmigen, als die „Gescheide", deren Namen sie wenig später von der Bäckersfrau erfuhr, Tanja bequatschte. Den Großteil der Leute, von denen die Erzählungen handelten, kannte Tanja nicht einmal. Dennoch versuchte sie aufgeschlossen und neugierig zu wirken, was ihr als Journalistin normalerweise nicht so schwerfiel.

Bei einem Protagonisten aus den sehr ausgeschmückten Lebensgeschichten wurde Tanja plötzlich auch ohne Kaffee hellwach. Die „Gscheide", die eigentlich Paula Sprung hieß, erzählte von einem verwilderten Gartengrundstück in der Nähe einer Autobahnbrücke Richtung der Ortschaft Reichenberg und Stadtwald, das der „alde Depp" schon seit Jahren nicht mehr nutzen würde. Schämen sollte sich Alfons für den „Sauhaufe da obe“.

Zum Schluss war das fränkische Fräle so richtig in ihrem Element und wetterte: „Soll der doch da in dem Gschdrübb sei Wohnwaache aufstell und ned da unne am Mee!“

Dass der Naturfreund dieses Grundstück einfach sich selbst überließ, kam Tanja verdächtig vor, wie fast alles in den letzten Tagen, was mit Alfons zusammenhing. Egal, ob es etwas übertrieben war, Tanja musste ihrem Impuls folgen. Also radelte sie an zwei großen Lebensmitteldiscountern vorbei und bog dann rechts unter einer Eisenbahnbrücke ab.

Die schlechten Wetterverhältnisse hüllten die Welt in einen trüben Schleier. Nur schemenhaft erkannte sie eine Pferdekoppel, ehe der Anstieg ihr den letzten Atem raubte. Mehrere Gärten befanden sich auf der kleinen Anhöhe. Keuchend stieg Tanja von dem Drahtesel und schob das leuchtende Gefährt den Weg entlang.

Sie musste einige Zeit laufen, um das gesuchte Objekt zu finden. Aber dann lag das verwilderte Grundstück genau vor ihr, etwas abseits von den anderen Gärten.

An einer Seite hing der Zaun etwas herunter und ermöglichte Tanja so einen leichteren Einstieg, für den sie dankbar war. Die zahlreichen Obstbäume schützten den wohl einst gepflegten Rasen vor allzu viel Sonne, erzeugten aber auch eine kühle Dunkelheit, die einem schaurigen Märchenwald glich. In diese Schatten eingehüllt stand eine kleine Blechhütte, die aussah, als hätte Alfons sie selbst gezimmert. Tanja schmunzelte. Das passte zu seinem charmanten Charakter.

Aber was würde sie noch über das Oberhaupt der Kolonie erfahren?

Ein einfaches Zahlenschloss verriegelte die Tür. Die Journalistin prüfte verschiedene Kombinationen und war erstaunt, als viermal die Zahl Eins zum gewünschten Erfolg führte.

Der Regen wurde schwächer und war nur noch ein leises Klopfen auf dem Blechdach. Tanja hatte das Gefühl, in ein Leben einzudringen, wozu sie kein Recht hatte. Dennoch stieß sie die quietschende Tür auf.

Auf dem Boden machte sie sogleich ein Bettlager aus, das offenbar erst kürzlich noch benutzt worden war. Wer konnte hier nur hausen?

Mit ihrer Campingtaschenlampe bewaffnet ging sie weiter. Im hinteren Teil der Hütte lagerten einige Kartons mit altem Krimskrams aus Alfons' Restaurant. Einige Tischdecken, Geschirr und Speisekarten blitzten aus zwei offenstehenden Kisten hervor. Tanja ging in die Hocke, um einen Blick auf die wenigen Überreste des einstigen Lokals zu werfen.

Sie traute ihren Augen kaum, als sie unter weißen Stoffservietten einen goldenen Pokal herauszog. Es war die Auszeichnung für den ersten Platz bei einem Schafkopfturnier im Jahr 1983. Zwei weitere Medaillen und noch ein Pokal kamen zum Vorschein. War Alfons etwa ein Spieler gewesen?, dachte Tanja und kaute auf ihrer Unterlippe.

Als sie spürte, dass jemand hinter ihr stand, war es bereits zu spät. Wie ein wildes Tier stürzte sich der Angreifer auf Tanja und riss sie zu Boden. Dabei stieß sie mit dem

Kopf gegen den prunkvollen Messingfuß einer Stehlampe und verlor das Bewusstsein.

Als Tanja erwachte, blickte sie in zwei grün funkelnde Augen.

❀

In ungleichmäßigen Abständen zuckte der rechte Daumen, was zur Folge hatte, dass Alfons noch unruhiger wurde. Dieses Nervenzucken, das sich meldete, wenn er sehr angespannt war, verdankte er einer alten Verletzung. Getrieben lief er in seiner bescheidenen Unterkunft auf und ab, denn er musste sich einfach erinnern, wo er den Dolch schon einmal gesehen hatte.

Bedrohlich lag die historische Waffe auf dem Holztisch und glänzte geheimnisumwoben im Licht des Kerzenscheins. Draußen dämmerte es bereits und so war dies die alleinige Lichtquelle im Raum.

Sein Blick ruhte auf dem Zusammenspiel von Dunkelheit und orangegelben Flammen. Er versuchte, die aufkeimenden Erinnerungen noch deutlicher werden zu lassen. Dazu entkorkte er einen Bocksbeutel. Er goss den Wein in zwei Schoppengläser und stellte sie auf den Tisch. Seit Jahren schon trank der ehemalige Koch keinen Wein mehr und hatte nur ein paar edle Tropfen für Gäste auf Vorrat.

Das karierte Hemd klebte Alfons an Rücken und Brust. Er kauerte nun auf der Bank der Sitzgruppe und sog die Stimmung, die sich ihm darbot, ein. Verschwommene Szenen aus einer längst verdrängten Zeit schoben sich vor Alfons' geistiges Auge und so wurde ihm allmählich klar, welchen

Ort aus seiner Vergangenheit er aufzusuchen hatte. Er nahm die Spielkarte, die den Eichel-Ober zeigte, von der Wand und sprach: „Du wirst niemals mehr in meinem Leben gewinnen!" Er steckte das Blatt und den Dolch ein, nahm seine Strickjacke und ging.

Schwerfällig setzte er einen Schritt vor den anderen, als wollte er niemals bei dem anvisierten Ziel ankommen. Dunkelheit umgab den prächtigen Salmannsturm und der gepflasterte Weg, der direkt zum Eingang führte, war kaum zu erkennen. Alfons musterte die starken Mauern. Seit einer Ewigkeit war er nicht mehr hier gewesen und doch war alles beim Alten geblieben. Er war zwar ein besserer Mensch geworden, hatte sich bewusst für ein neues Leben entschieden und dennoch spürte er in diesem Augenblick, dass er tief in seinem Inneren immer noch der Mann von damals war.

Alfons schloss angespannt die Tür hinter sich und stand nun in dem Turm, der in früheren Zeiten als Kerker gedient hatte. Die zahlreichen Stufen, die hinauf in das Turmzimmer führten, schienen unendlich zu sein. Die gesamte Stimmung drückte ihm auf den Brustkorb. Dieser Turm war einst sein ganz persönliches Gefängnis, in dem er sich jahrelang eingeschlossen hatte.

Als die letzte Treppenstufe geschafft war, stand er das erste Mal nach mehreren Jahren wieder in der Wenzelstube, die locker dreißig Leute bewirten konnte.

Erstaunte Gesichter blickten auf Alfons, als wäre er gerade von den Toten auferstanden. Vier Männer saßen um einen Tisch und spielten Schafkopf, aber zu anderen Konditionen als Alfons damals. Für diese anständigen Männer ging es bei diesem Kartenspiel um Geselligkeit, seine früheren Spielbrüder waren nicht mehr in dieser Runde vertreten.

„Ja, das ist ja der Traunstein!" Manfred stand auf und begrüßte Alfons kameradschaftlich. Er war der Älteste an diesem Tisch und organisierte noch immer die verschiedensten Feste. Die übrigen Anwesenden nickten Alfons zum Gruß zu, vertieften sich aber sogleich wieder in ihr Spiel.

Zwei sprachen leise zueinander. „Die arme Sau! Der hatte doch mal Geld wie Heu und war ein angesehener Mann. Jetzt schau ihn dir mal an!"

„Er wollte das nicht anders haben!", bemerkte der Bärtige.

Verwundert schüttelte sein Gesprächspartner, der so dick war, dass er keinen Hals zu haben schien, den Kopf, leckte an seinem Zeigefinger und spielte ein Blatt.

Manfred bot Alfons einen Platz an, aber dieser schien in eine andere Zeit eingetaucht zu sein. Als er dem suchenden Blick Alfons folgte, blieben beide Augenpaare an einem Gemälde hängen. Es zeigte König Wenzel IV. von Böhmen, der Heidingsfeld 1367 zu einer böhmischen Königsstadt gemacht hatte.

Alfons ging näher darauf zu und spürte am Oberschenkel das in seiner Hosentasche steckende und zum Bildnis passende Relikt. Neben dem mächtigen Mann war eine Vorrichtung angebracht, auf der stand: *Der Dolch Wenzels IV.* Die Halterung war leer.

Manfred eilte hinter die Theke und holte ein altes Gästebuch hervor. Während er auf Alfons zulief, blätterte er in den bereits verblichenen Seiten. Als er neben dem Überraschungsgast stand, hielt er ihm das aufgeschlagene Album direkt unter die Nase und deutete freudig auf ein Foto. Es zeigte Alfons, „Mutti", Manfred und einen weiteren Mann am Frankentag vor dem Salmannsturm.

Nachdenklich musterte Alfons das Bild und fixierte dann die vierte Person auf dem Foto. Jetzt fiel es ihm wie Schuppen von den Augen. Die rätselhaften Botschaften an ihn – das konnte nur ein einziger Mann getan haben. Aber es war unmöglich, dass sein damaliger Spielbruder noch lebte. Er hatte mit eigenen Augen gesehen, dass es für ihn kein Entkommen aus dem brennden Haus gab.

Frech grinste der als König Wenzel verkleidete Mann Alfons aus der Aufnahme an.

❀

Sarah Bergmanns Kopf lag müde auf dem ausgestreckten linken Arm. Schon eine ganze Weile lang hockte sie so an ihrem Schreibtisch in der Gerichtsmedizin. Ihre ganze Aufmerksamkeit galt der Kette mit dem Anhänger. So ein filigran verziertes Schmuckstück hatte sie selten gesehen. Es hatte die Form eines Engels, der auf einer Trompete himmlische Klänge spielte.

Sie hatte die ganze Nacht Überstunden gemacht. Dies war leider seit Wochen an der Tagesordnung. Aber nicht nur kranke Kollegen und fehlendes Personal waren dafür verantwortlich. Sarah hielt es momentan zuhause einfach nicht aus und übernahm deshalb gerne eine Doppelschicht. Die augenblickliche Situation mit Talberg machte ihr sehr zu schaffen und so war ihr jede Ablenkung recht.

Sarah strich vorsichtig über die Trompete. Auf einmal klappte der Oberkörper der Engelsfigur ganz langsam nach hinten und gab einen Hohlraum frei. Sarah richtete sich auf. Überrascht nahm sie eine Pinzette zu Hilfe und begutachtete das Innenleben des teuren Stücks.

Erstaunt über das, was sie fand, ließ sich Sarah in die Lehne des Drehstuhls fallen: Zwischen den dünnen Ärmchen der Pinzette klemmte eine rotblonde Haarlocke.

Das konnte doch kein Zufall sein, dachte sich Sarah. Es gab schließlich nicht viele Menschen mit dieser natürlichen Haarfarbe. Sie verglich „Muttis" und Angelika Baumgärtners DNAs, die seit den Untersuchungen der beiden in der Datenbank gespeichert waren.

Es dauerte eine Weile, ehe der Computer das Ergebnis anzeigte. Sarah Bergmann lag mit ihrer Vermutung richtig: Angelika Baumgärtner war die Tochter der Toten.

12

Die Kirchenglocke von St. Laurentius läutete zum Elf-Uhr-Gottesdienst. Paula Sprung, die „Gscheide", und Adelheid Strahl, Kommissar Strahls Mutter, liefen eilig die Treppenstufen zur Kirche hinauf, denn die Orgel spielte bereits das Einzugslied.

Grund für die Verspätung war ein Gespräch der beiden Frauen über die „Waldhex" gewesen, das die Zeit vergessen ließ. Adelheid hatte neugierig einen Blick in die Ermittlungsakte auf dem Schreibtisch ihres Sohnes geworfen, als sie vor ein paar Tagen das Mittagessen in die Dienststelle brachte. So kannte sie jetzt den Namen der sonderbaren Frau und wusste, dass Angelika Baumgärtner in Heidingsfeld aufgewachsen war.

„Des warn oba dann kee Urhätzfelder! Besdimmd Reigschmerrde!" Die „Gscheide" überlegte, ob sie mit dem Familiennamen der Verwahrlosten etwas anfangen konnte.

Antons Mutter glaubte sich an ein Mädchen zu erinnern, die ebenfalls so schöne Haare hatte und mit ihren Eltern im Unteren Weg wohnte.

Jetzt schien sich auch die „Gscheide" daran zu erinnern. „Des is oba scho lang her! Der Vadda had doch den schwere Audounfall ghabt und dann hadda gsoffe und den Ärcher an seinera Fraa und der Glee ausgelasse."

Ein schrecklicher Schicksalsschlag ereilte damals die Familie. Nach dem Autounfall konnte der Vater seinen Beruf als

Heizungsbauer nicht mehr ausüben. Sein rechtes Bein war für diese Tätigkeit nicht mehr zu gebrauchen. Die Ehefrau musste den Unterhalt der Familie verdienen und so fühlte er sich vom Leben verraten und entmannt. Bitter und hart mussten seine Tochter und seine Ehefrau dies ausbaden.

„Der hat doch auch immer Schafkopf im Salmannsturm gespielt", bemerkte Adelheid auf dem Weg zum Eingangsportal.

„Ich gleb scho!", erwiderte die „Gscheide" und öffnete die Kirchentür. Hastig bekreuzigten sich die alten Damen und liefen zielgerichtet zu ihrer Bank auf der linken Seite. Als sie in der vierten Reihe geräuschvoll Platz nahmen, ermahnte sie der Pfarrer mit einem scharfen Blick. Daraufhin flüsterte die „Gscheide": „Endschuldichung! Oba der Herrgodd had uns noch in eenera annere Mission gebrauchd!"

❀

Die Luft war trocken und staubig. Aus dem tadellos gebügelten weißen Hemd ragten oberhalb des Kragens dunkle Rückenhaare. Der braune lockige Schopf war in einer Kurzhaarfrisur gebändigt. Wie immer steckte das Hemd in der viel zu hoch gezogenen dunklen Jeans.

In gekrümmter Haltung blätterte Kommissar Anton Strahl seit Stunden in alten Polizeiakten. Dabei saß er unbequem auf einem Hocker, der eigentlich dazu da war, an die obersten Schubladen des Schiebeschranks im Archiv zu gelangen. Dies alles störte Strahl nicht. Von seiner Mutter hatte er einen Hinweis erhalten, der vielleicht ein Puzzlestück in dem Gesamtbild von Angelika Baumgärtner war.

Strahl rieb sich die müden Augen, die unter dicht zusammengewachsenen Brauen hervorstachen. Der junge Mann wollte bereits durchgesehene Akten wegräumen, als ihm ein Stück Zeitungspapier zwischen den Unterlagen auffiel. Die dazugehörige Polizeiakte stammte aus dem Jahr 1985 und berichtete über einen Hausbrand im Unteren Weg in Heidingsfeld. Also hatte Mutter Adelheid sich nicht geirrt. Die Brandursache war niemals geklärt worden. Mutter und Tochter der Familie überlebten, der Vater aber kam ums Leben.

Strahl stolperte geradezu über den Familiennamen: Baumgärtner. Sogleich las er den Bericht erneut, um sicherzugehen, dass er sich nicht geirrt hatte. Aber er täuschte sich nicht.

Er faltete die Zeitung auf und las einen kurzen Artikel über den Brand. Auf derselben Seite rechts oben bemerkte er verwundert ein ihm mittlerweile vertrautes Foto: die Aufnahme vor dem Salmannsturm. Die Bildunterschrift ließ ihm den Atem stocken: Alfons und Manfred waren Strahl namentlich bekannt, die beiden anderen waren das Ehepaar Baumgärtner, die Eltern der Verwahrlosten.

Die kulinarischen Frankentage und der Hausbrand der Familie am gleichen Tag, all das konnte eine wichtige Spur ergeben.

13

Sie kniete auf dem kalten Boden. Die Hände waren ihr auf dem Rücken mit Paketklebeband zusammengebunden, ebenso die Füße an den Knöcheln. Langsam wurde es Tanja auf dem Steinboden ungemütlich. Sie spürte, wie die feuchte Kälte durch ihre Jeans in ihren gesamten Körper wanderte.

Wie lange sie in dieser unbequemen Position schon ausharrte, wusste sie nicht. Jegliches Zeitgefühl war ihr verlorengegangen. Wenigstens war die verrückte Frau so gütig gewesen, ihr hin und wieder einen Schluck Wasser zu geben.

Das Innenleben der Hütte sah aus wie mit pechschwarzer Farbe bemalt. Das einzige Fenster war mit einem schweren dunklen Stoffvorhang bedeckt, der jegliches Licht schluckte.

Angelika Baumgärtner war nicht immer anwesend. Was sie tat und wohin sie ging, darauf konnte sich Tanja keinen Reim machen. Sie war mit der ganzen Situation überfordert. Sie hätte nicht gedacht, dass dieses zarte Wesen zu so etwas fähig ist.

Ihr fiel auf, dass die Verwahrloste zusehends nervöser wurde, und das machte ihr große Angst.

Die Tür wurde aufgestoßen und grelles Sonnenlicht ließ sie die Augen zusammenkneifen. Nur an dem moderigen Geruch, der dem langen Filzumhang der Entführerin entströmte, nahm sie ihre Widersacherin war.

Ein Keil wurde unter die Tür gestoßen, so dass frische Luft in die Hütte drang.

Auf was musste sie sich als Nächstes gefasst machen? Die unheimliche Frau war unberechenbar. Eilig suchte sie ihre wenigen Habseligkeiten im Raum zusammen und steckte alles in einen großen Wanderrucksack. Dabei sah sie immer wieder unentschlossen zu ihrer Gefangenen.

Niemals in ihrem bisherigen Leben hatte sich Tanja so klein und hilflos gefühlt. Sie hoffte, dass ihre Lage nicht ganz aussichtslos war, und versuchte den Keim der aufkommenden Hoffnungslosigkeit zu ersticken. Irgendwer müsste doch bereits nach ihr suchen.

Auf einmal wurde wütend ein Holzstuhl über den Boden gezogen, der zuvor beladen mit einigen Kisten in einer Ecke stand. Klirrend verteilten sich Geschirr und andere Utensilien in dem Versteck.

Haargenau vor Tanja stoppte die Verwahrloste und nahm auf dem Stuhl Platz. Sie beugte sich so weit nach vorne, dass nur noch ein Blatt Papier zwischen ihr und das bleiche Gesicht der Knienden gepasst hätte.

Stark sein, Tanja! Stark sein!, ermutigte sie sich. Du schaffst das! Sie hielt dem Blick der Irren stand. Die schmutzigen Hände strichen ihr über den Schopf und ein Finger fuhr ihre Schläfe entlang und umrundete zuletzt die Nase.

Tränen liefen der Waldfrau über die wettergegerbten Wangen. Jetzt kamen ihre Lippen immer näher und pressten sich auf Tanjas.

Angeekelt spuckte diese aus.

Die grünen Augen blitzten auf. Enttäuscht holte sie aus und verpasste ihrem Opfer eine Ohrfeige, was zur Folge hatte, dass Tanja die Balance verlor und zur Seite kippte.

Unsanft schlug sie mit dem Kopf auf den grauen Untergrund auf.

Schade, dass ich nicht das Bewusstsein verloren habe, dachte sie.

Kurz herrschte Stille. Dann brach ein Mix aus Tränen und unheimlichem Gelächter aus der Verwahrlosten hervor. Anschließend saß sie wie versteinert auf dem Stuhl und schaute ins Nirgendwo.

Langsam stellte sich der gewohnte ängstliche Gesichtsausdruck der Waldfrau wieder ein. Wie in Zeitlupe erhob sie sich und suchte etwas im hinteren Winkel der Hütte.

Tanja betete, sie möge sich wieder beruhigen, und dachte dabei an den einzigen Strohhalm, an dem sie sich in ihrem Leben festzuhalten wagte: ihre kleine Tochter.

Ihr Wunsch wurde nicht erfüllt. Sie wurde hart angepackt und wieder aufgerichtet, um schließlich zu sehen, dass Angelika Baumgärtner mit einer Steinschleuder auf sie zielte.

❀

Die Blätter auf dem Schreibtisch fächerten sich auf und konnten nur durch einen schweren Gegenstand im Zaum gehalten werden. Hauptkommissar Talberg hatte schnell reagiert und einen Stein, den er von einem Wanderausflug in der Rhön mitgebracht hatte, auf die Unterlagen gelegt. Er stand auf und schloss das Fenster. Draußen wechselten sich Sonne und Wolken ab. Ab und an regnete es heftig.

Am liebsten hätte er sich jetzt eine Zigarette angesteckt, um die Nachricht, die er soeben erhalten hatte, zu verdauen.

Aber auf der Dienststelle herrschte absolutes Rauchverbot und an diese Regel wollte er sich ausnahmsweise auch einmal halten.

Die Rechercheergebnisse seiner Kollegen waren erschreckend. Nie hätte Talberg damit gerechnet, dass es sich in diesem Fall um Mutter und Tochter handelte. Doch wer hatte ein Motiv, Helga Baumgärtner, wie „Mutti" eigentlich hieß, so brutal zu ermorden, und warum lebte Angelika jahrelang im Wald?

Hatte sie wirklich ihre Mutter auf dem Gewissen? Talberg sah sich alle Unterlagen nochmals an. Die Pflegeeltern waren bei einem Brand ums Leben gekommen. Hendrik Baumgärtner bei dem Hausbrand der Familie und der Wohnwagen seiner Frau wurde ebenfalls in Brand gesteckt. Gab es hier eine Verbindung?

Talberg fuhr sich mit der Hand mehrmals über das Gesicht, als wollte er die Unruhe dadurch vertreiben. Von Tanja hatte er seit Tagen nichts gehört und dies bereitete ihm große Sorgen. Was war, wenn sie in irgendetwas hineingezogen worden war?

In der Kolonie war sie auf keinen Fall mehr sicher, dachte der Hauptkommissar, ehe er aufstand und das Kalenderblatt an der ansonsten kahlen Wand umdrehte. Das neue Bild zeigte den Salmannsturm im Abendlicht.

Es war an der Zeit, dass Alfons sich endlich bei Talberg meldete. Auf die Nachricht an das Oberhaupt der Kolonie, die er vor fünf Stunden eilig auf einen Fetzen Papier gekritzelt und an die Wohnwagentür geklemmt hatte, hatte der Hauptkommissar noch keine Antwort erhalten. Er konnte keine Sekunde länger damit warten, nach Alfons fahnden zu lassen. Der hatte sich durch sein Schweigen verdächtig gemacht.

❀

Die Unentschlossenheit war ihr deutlich anzumerken. Ihr Körper zitterte und die unterdrückten Tränen ließen ihr Kinn beben. Einige Male schon hatte die Waldfrau auf ihr Opfer gezielt, die Arme aber doch wieder gesenkt.

Tanja erkannte ihre Chance. Sie nahm all ihren Mut zusammen und versuchte, so sanft, wie es ihr in dieser Situation nur möglich war, auf die Waldfrau einzureden.

„Vielleicht kann ich dir helfen! Keiner muss erfahren, was hier vorgefallen ist."

Ihre Augen weiteten sich und sie zwang sich, folgende Worte zu formen: „Keiner kann mir helfen! Nur ich sehe ihn! Nur ich! Keiner kann mir helfen!" Dabei trat sie wieder ganz nah an Tanja heran und nahm ihren Kopf zwischen die Hände. Diesmal zärtlicher als zuvor. Dann sprach sie ganz leise: „Er wird kommen und uns alle töten, uns alle! Aber ich bin schon tot! Er wollte nie, dass ich lebe, deshalb hat er mich schon vor langer Zeit umgebracht."

Sie wandte sich von Tanja ab und ging zum Fenster. Langsam schob sie den Vorhang zur Seite und blickte geistesabwesend nach draußen. Dann murmelte sie: „Die Sterne singen wieder ganz laut!" Jetzt kicherte sie. „Alfons, die Sterne singen laut!", grölte Angelika zum geschlossenen Fenster, berührte mit ihren Lippen das Glas und hauchte die Scheibe an.

Mit dem linken Zeigefinger malte sie eine Sonne in die weiße Fläche.

Sie verhielt sich wie ein Kind. Das Kind, das sie niemals in ihrem Leben sein durfte.

14

Wenn Hedwig weiterhin so heftig abtrocknete, würden bald aus dem Schoppenglas zwei unbrauchbare Teile werden. Sie war beunruhigt. Die kleine mollige Frau, die höchstens einen Meter zweiundsechzig maß und daher eher durch ihr Temperament auffiel, beobachtete misstrauisch einen ihr unbekannten Gast, von dem, wie sie fand, eine unheimliche kalte Ausstrahlung ausging. Solche Gestalten kannte sie noch aus ihrer Zeit als Bedienung in einer Kneipe in der Nähe des Würzburger Bahnhofs. Dort hatte sie als junges Mädchen hin und wieder ausgeholfen.

Sie rückte ihre schwarze Kunststoffbrille zurecht und versuchte, nicht andauernd zu dem Mann hinten in der Ecke zu sehen. Was sollte der auch von Hedwig denken! Womöglich spann sie sich da etwas zusammen und der arme Kerl konnte gar nichts für sein entstelltes Aussehen. Aber die Narbe, die über das linke Auge bis zum Lippenansatz ging, sah einfach fürchterlich aus. Dazu war ihr aufgefallen, dass er hinkte, als er die Weinstube betrat. Fast den ganzen Bocksbeutel Silvaner hatte er bereits alleine geleert.

❀

Die verfilzten rotblonden Haare fielen strähnenweiße rechts und links neben die auf der Wiese sitzende Frau. Das Geräusch, das das Messer beim Schneiden verursachte, war für Tanja, die die Szene nicht sehen konnte, schlecht einzuordnen. Sie kauerte weiterhin auf dem Boden der Hütte. Ihr wurde übel. Sie wusste mittlerweile nicht mehr, ob die Ursache dafür Angst oder Hunger war. Ihr Körper wurde zusehends schwächer. Sie hoffte, dass dies alles bald ein Ende finden würde. Die Waldfrau sollte sie einfach in Ruhe lassen. Schließlich hatte sie mit all dem, was immer es auch war, nichts zu tun.

Die Frau, die auf einmal im Raum stand, hatte sich in eine andere Person verwandelt. Der schwarze Filzumhang war gegen eine Zimmermannstracht eingetauscht, solch eine, die die Handwerker auf der Walz trugen. Mit der schwarzen Cordhose, die der Trägerin viel zu weit war, und dem weißen Hemd, das die kleinen Brüste der zierlichen Frau komplett verschwinden ließ, wirkte sie wie ein Bursche. Die abgeschnittenen Haare taten ihr Übriges, um zu dem neuen Gesamtbild beizutragen.

Was hatte Angelika Baumgärtner nur vor?, fragte sich Tanja. Als der „Handwerksbursche" nun grinste, fiel Tanja auf, dass ihm der rechte Schneidezahn fehlte. „Lass mich bitte gehen! Ich hab dir doch nichts getan!" Woher plötzlich diese todesmutige Anwandlung kam, konnte Tanja sich nicht erklären. Vielleicht war sie an einem Punkt angelangt, an dem ihr alles egal war.

Wieder setzte sich Angelika ganz nah zu Tanja auf den Stuhl. Diesmal hielt sie den Kopf der Gefangenen an beiden Ohren und hielt kurz inne, bevor sie sprach: „Dann läufst du zu dem Hauptkommissar, der versprochen hat, dass mir nichts passiert. Gelogen hat der!"

Als Tanja daraufhin etwas erwidern wollte, hielt die

Verwahrloste ihr den Mund zu und funkelte sie erbost an. „Keiner glaubt mir! Mir hat noch nie jemand was geglaubt! Er wird kommen und sein Werk vollenden! Auch dich wird er nicht verschonen! Er ist böse, sehr böse und seine Seele ist so schwarz wie die des Teufels!"

Oh mein Gott! Diese Frau war gestörter, als Tanja angenommen hatte. Schwarz wie der Teufel! In die Klapse hätte man diese Frau schon vor langer Zeit stecken sollen.

Tanjas Augen wanderten zu den Büchern, die sich neben der Schlafstätte auf dem Boden stapelten. Es waren ausschließlich Märchen. Wenn ein Mensch so lange Zeit zurückgezogen gelebt hatte und sich dann auch noch mit solchen fantastischen Geschichten beschäftigte, war dies sicherlich nicht hilfreich, um bei klarem Verstand zu bleiben.

Tanja biss sich auf die Lippen, ehe sie provokativ fragte: „Hast du ‚Mutti' umgebracht?"

Erstaunt sah Angelika zu ihr herab. Die Augen wurden größer und sie sprang schreiend vom Stuhl auf, der mit einem lauten Knall nach hinten kippte. Ihr Schreien ging in Wehklagen über.

Tanja rollte sich vorsichtshalber auf dem Boden zusammen und versuchte sich zu schützen, soweit es ihr gefesselt möglich war. Dann raufte sich Angelika die kurzen Haare und lief weinend aus der Hütte.

❀

Die Tür der Weinstube öffnete sich und Hauptkommissar Frank Talberg und Alfons Traunstein betraten den Schankraum. Hedwig atmete einmal tief durch und begrüßte lächelnd die beiden Männer. Jetzt entspannte sie sich sogleich. Wenn Talberg da war, musste sie sich keine Gedanken mehr machen. Sie hielt die rechte Hand kurz unter die Wasserleitung und fuhr sich durch die rappelkurzen grauen Haare. Gut gerüstet trug sie das mit den unterschiedlichsten Getränken voll beladene Tablett in das hintere Gaststubenzimmer.

Talberg musste seinen Zorn zügeln. Er verstand Alfons nicht. Wieso hatte er nicht schon früher eine Aussage gemacht? Er kannte die Familie Baumgärtner bereits eine Ewigkeit. Sie hätten sich kostbare Zeit bei den Ermittlungen sparen können und Tanja wäre dann vielleicht auch nicht verschwunden. Alfons' Alibi zur Tatzeit war von Anfang an sehr dürftig gewesen, aber alle Bewohner der Siedlung hatten zu Protokoll gegeben, im Wohnwagen geschlafen zu haben. Talberg konnte sich nicht vorstellen, dass er mit einem Mörder am Tisch saß. Was hätte Alfons für einen Grund gehabt, „Mutti" zu töten? Talberg vermutete bereits seit Tagen, dass hinter dem großen Ganzen viel mehr steckte. Er hoffte, sein Bauchgefühl täuschte ihn auch bei Alfons nicht. Er mag zwar gelogen haben, aber war er deshalb ein Mörder? Talberg kannte Alfons schon eine ganze Weile. Doch wie gut kennt man einen anderen Menschen denn wirklich, wenn man bei sich selbst immer wieder ungeahnte Seiten entdeckte, dachte sich der Hauptkommissar.

„Ich muss zugeben, ich habe den Gesundheitszustand von Angelika von Anfang an unterschätzt." Alfons schaute in sein

Wasserglas, als würde er hier die Antwort auf all seine Fragen finden.

Talberg wartete einen Moment ab, bis Hedwig das Pilsglas vor ihm abgestellt hatte, ehe er fragte: „Angelika kam also kurz vor ihrem Verschwinden zu dir und bat dich um Hilfe?"

„Ja, so war es! Sie faselte irgendetwas von ihrem Vater, der sie bedroht. Er soll ihre Pflegeeltern auf dem Gewissen haben, aus Rache und so weiter und so weiter. Schon als Kind hatte Angelika eine blühende Fantasie und natürlich hatte sie es auch nicht leicht gehabt."

In Gedanken versunken starrte Alfons die Wand an. Er sah besorgt und mitgenommen aus.

„Bei dem Brand ist damals Hendrik Baumgärtner ums Leben gekommen. Helga und die Kleine haben es geschafft. Also dachte ich mir, das ist doch alles völliger Unsinn, den Angelika mir da erzählt. Wie soll ein Toter einen lebenden Menschen bedrohen?"

Jetzt lachte Alfons kurz auf.

„Ich wollte nicht, dass dem Mädchen noch mehr Unheil widerfährt. Sie hatte sich doch trotz ihrer Vergangenheit irgendwie gefangen. Der Baumgärtner war kein Guter. Er schlug seine süße Tochter und seine Frau. Besonders, wenn er wieder mal einen sitzen hatte."

Alfons formte seine Hand zu einem Krug und tat so, als trinke er daraus.

Betroffen schaute Talberg sein Gegenüber an und wartete gespannt, was es noch preisgab.

„Die hätten sie damals in die Nervenklinik gesteckt und

das wollte ich verhindern. Also brachte ich sie fürs Erste in meiner Gartenhütte unter. Ich besuchte sie regelmäßig und brachte ihr das Nötigste. Sie wurde immer sonderbarer, also hab ich ...“ Hier stockte Alfons kurz und trank aus seinem Glas. „Also hab ich den Kontakt abgebrochen! Ich wusste einfach nicht, was ich machen sollte. Ich dachte, wenn keiner wüsste, wo sie ist, tue ich ihr vielleicht den größten Gefallen.“

Wie ein Häuflein Elend saß er am Tisch und schaute vorsichtig zu Talberg. Er wusste um seinen Fehler, der nicht mehr gutzumachen war.

„Hast du sie erkannt, als ich mit ihr in die Kolonie kam?“ Talberg hoffte auf eine ehrliche Antwort.

„Nein! Das musst du mir glauben!“

Talberg trank von seinem Bier und die beiden Männer schwiegen eine Weile.

Die Weinstube füllte sich im Laufe des Abends überwiegend mit Reisenden, die die Fremdenzimmer bewohnten. Hedwig war im Herbst meistens ausgebucht. Talberg war froh, wenn diese Zeit vorüber war, schätzte er doch besonders seine Ruhe.

❀

Sie war weg und würde nicht mehr wiederkommen. Dieses Mal nicht, das spürte Tanja. Sie war ab sofort auf sich alleine gestellt. Wie lange konnte ein Mensch ohne Wasser überleben? Vielleicht drei Tage? Sie wünschte dieser Frau die Pest! Soll er sie doch holen, dieser Teufel, dann hätte die Menschheit endlich Ruhe vor dieser Verrückten!

Hinter dem Vorhang nahm sie einen Schatten wahr. Endlich! Jemand hatte sie gefunden! Jemand kam, um sie zu erlösen! Laut rief Tanja: „Hier bin ich!“

❀

„Ich habe auch vor langer Zeit einen Fehler gemacht!“, gab Talberg preis. „Was genau, ist jetzt unwichtig, aber du sollst wissen, dass Tanja meine Tochter ist.“

Erstaunt schaute Alfons auf und fragte: „Welche Tanja?“

Gereizt, weil er sich wie unter Strom fühlte, antwortete der Hauptkommissar: „Du hast sie als Nele kennengelernt.“

„Nele, die mit der zarten feinen Nase?“, lächelte Alfons und schüttelte ungläubig den Kopf.

„Sie ist seit Tagen verschwunden!“, berichtete Talberg mit belegter Stimme weiter und hoffte insgeheim, dass Alfons wusste, wo sie war.

„Ich weiß, sie hatte sich noch ein Fahrrad geliehen. Ich dachte, sie macht vielleicht einen Ausflug!“

Nein, das tat sie sicherlich nicht, dachte Talberg, hielt aber den Mund.

„Ihr wird doch nicht auch etwas ...“ Bevor Alfons mit seiner Vermutung fortfuhr, kam Hedwig an ihren Tisch. Sie war ein wenig durch den Wind und dies hatte nichts damit zu tun, dass sie gerade gut ausgelastet war. In ihren Händen hielt sie einen zusammengefalteten grünen Notizzettel.

„Hier, Alfons, den soll ich dir geben, von einem Mann. Der ist aber schon vor einer halben Stunde gegangen. Ich hab's nicht zeitiger zu euch geschafft!“

Hedwigs und Talbergs Blicke kreuzten sich. Er übersah ihre Angst und Sorge keineswegs, auch wenn Hedwig geschäftig die leeren Gläser vom Tisch räumte, um anschließend gleich einen Zahlungswunsch zu erfüllen.

Alfons' Daumen zuckte. Langsam faltete er die Botschaft auf. Dort stand in kaum leserlicher Schrift geschrieben: *Ich hab die Frau! Komm an den Ort, wo alles anfing! Hendrik B.*

Es war an der Zeit, Hauptkommissar Frank Talberg eine Geschichte aus längst vergangenen Tagen zu erzählen.

Spätsommer 1985

Lange bevor die Hände mich aus dem Wasser zogen,
bin ich schon ertrunken.
Die glatte Oberfläche des Steins bot keinen Halt,
so rutschte ich ab.
Doch irgendwann lag mein Leib auf der harten Kälte.
Endlich kam der langersehnte Regen
und nässte mein Haar und meine Haut.
Er war längst überfällig.

Dicke Rauchschwaden hingen in der Wenzelstube des Salmannsturms. Der kulinarische Frankentag war offiziell vorbei, doch vier Männer saßen noch an einem runden Holztisch zusammen, spielten Schafkopf und tranken Wein.

Horst Leib, der von aller Welt „Der Metzger" und von bösen Zungen auch „Der Schlächter" genannt wurde, da er bereits in der dritten Generation die Fleischerei in Heidingsfeld führte und auch sein voluminöser Körper in dieses Gesamtbild passte, hatte heute kein Glück. Eine beträchtliche Summe an Spielschulden prangte hinter seinem Namen auf dem weißen Notizblock. Nervös kratzte er sich an der Wange und begutachtete die acht Karten in seiner rechten Hand. Dabei schüttelte er den Kopf und signalisierte so, dass er weder eine Sau rufen noch ein Solo spielen würde.

„Ich sag auch ‚Weiter'!", meinte der Anwalt Walter Schell und drückte seine Zigarre im Aschenbecher aus.

Schelmisch grinste hingegen Alfons Traunstein in die Runde. Der erfolgreiche Sternekoch fuhr sich mit der Hand über die tadellos sitzende Frisur und sprach: „Ich würde ein Herzsolo spielen!"

Die Ausstrahlung des vierten Mannes am Tisch erregte bei den meisten Menschen eine Mischung aus Ekel und Mitleid. Hendrik Baumgärtner war ein gezeichneter Mann. Durch sein tragisches Schicksal war er zum Trinker geworden. Er roch bereits am frühen Morgen nach Alkohol, dazu mischte sich kalter Zigarettenrauch. Er hinkte, denn sein rechtes Bein war ab dem Unterschenkel durch eine Prothese ersetzt.

Durch Kopfnicken bejahte er Alfons' Spielwunsch. Dieser besiegte, wenn auch nur knapp, seine Spielbrüder. Der Metzger bekreuzigte sich. Warum nur hatte er vor vier Runden einen Blick auf den Spielstand geworfen? Dies war nur dem Schreiber gewährt. Es war bekannt, dass einen das Unglück verfolgte, sobald man dies tat. Und so traf es auch ein. Seine Frau, die Mechthild, würde nicht begeistert sein und so würde er tagelang mit Missachtung gestraft werden. Auch sämtliche Zärtlichkeiten konnte sich der Metzger für die nächsten Wochen abschminken. Er überlegte, zahlte schließlich seine Schulden und verabschiedete sich von der Runde.

„Ja wenn das so ist, gehe ich wohl mit ihm. Zu dritt können wir schlecht weiterspielen!", stellte der Anwalt erleichtert fest. Auch er war heute nicht der Beste am Tisch. Erst letzte Woche verlor er dreihundert D-Mark und eine Woche zuvor hundertfünfzig.

Der Koch konnte sich solche Verluste leisten, für den Anwalt, trotz guten Einkommens, entstanden am Monatsende

Lücken. Schließlich musste er nicht nur für sich sorgen, sondern auch der Unterhalt für seine Exfrau und den gemeinsamen Sohn stand diesen Monat auch noch aus.

Er klopfte zum Abschied auf die Tischplatte, neckte Alfons, indem er dessen Haare verstrubbelte und anschließend etwas mit ihm rangelte.

Nun saßen nur noch Baumgärtner und Alfons in der Wenzelstube. Genüsslich rauchten sie eine Pfeife miteinander. Der Koch war an einem Punkt in seinem Leben angelangt, an dem er sich keine Sorgen mehr zu machen brauchte. Er hatte es geschafft, wie viele sagten. Das Restaurant lief und mehr als das. Erst kürzlich sendete das Bayerische Fernsehen einen Beitrag über das „Traunsteins". Privat spielte der Fünfundvierzigjährige seinen Charme bei den Frauen aus. Macht machte sexy, das wusste er. Seine Bindungen hielten nie länger als ein halbes Jahr. Die Frauen langweilten ihn bereits nach kurzer Zeit. Aber schön waren sie, sehr schön. Viele Männer beneideten ihn insgeheim, doch irgendetwas im Leben fehlte dem Koch. Er konnte es nicht genau beschreiben, beim Namen nennen, seit einiger Zeit fühlte er eine Leere, die von Tag zu Tag größer wurde und ihn ohnmächtig machte. Als würde etwas zwischen Herz und Magen fehlen, wenn er den Ort des Gefühls benennen müsste.

„Bist du bereit, alles auf ein Spiel zu setzen, Traunstein?", fragte Hendrik Baumgärtner unvermittelt. Er blies den Rauch durch die Nasenlöcher und wartete gespannt auf eine Antwort.

Das Glücksspiel, das war Alfons zum Feind geworden. Er konnte ohne risikoreiche Schafkopfrunden nicht mehr überleben. Es war strafbar, was er und seine Mitspieler taten. Aber genau das reizte ihn. Auch die Tatsache, viel Geld an nur einem Abend zu verlieren.

Er ließ sich trotz seiner Befindlichkeit Zeit mit der Antwort und schaute sich in der Wenzelstube um. Das Bildnis König Wenzels, die anderen Gemälde, darunter eine Abbildung des Döles, einer besonders malerischen Ecke der Heidingsfelder Stadtmauer, und zwei lachende Frauen am Main.

War er bereit, wirklich alles, was er besaß, zu verspielen? Wie würde es dann weitergehen? Wäre er dann glücklicher als jetzt und war dies die Lösung eines Problems, für das es keinen Namen gab?

„Also gut, Baumgärtner! Mein Einsatz ist mein Haus, das Gartengrundstück und dreihunderttausend Mark!“

Hendrik wäre mit so einem Besitz ein gemachter Mann. Er sah darin die Lösung all seiner Sorgen und Nöte. Endlich könnte er wieder beruhigt schlafen. Sein Haus abbezahlen. Ach was, er hätte dann ein viel größeres. Helga, die Ehefrau, müsste vielleicht gar nicht mehr arbeiten und Angelika, die hübsche Tochter, das Teuerste und Schönste, was ihm im Leben noch geblieben war, würde wieder Achtung vor ihrem Vater haben. Es tat ihm leid, wenn er sie schlug. Aber er sah auch deutlich die Geringschätzung des Kindes in den Augen, wenn sie ihren Vater ansah. Seine Sinne waren oft durch den Alkohol vernebelt und so konnte er sich häufig an nichts mehr erinnern. Er war ein Versager und dies ließ sie ihn spüren. Auch die Angst, die Frau könnte ihn heimlich mit der Tochter verlassen, wäre nicht mehr da. Warum auch? Er wäre wieder jemand und keiner würde mehr über ihn und seine Familie reden.

„Alles, Alfons, alles! Dein ganzer Besitz und auch dein Restaurant!", sagte Baumgärtner.

Alfons spürte einen Stich im Herzen. Er kochte leidenschaftlich gerne. Baumgärtner konnte ihm materiell nichts als Einsatz bieten, wusste aber nur zu gut um Alfons' Spielsucht. Nur deshalb konnte er dem Koch so unverschämt dieses Angebot machen. Bei Hendrik ging es ebenfalls um alles oder nichts im Leben, nur waren seine Probleme anderer Natur.

Schließlich war Alfons damit einverstanden und verlangte Folgendes: „Wenn ich gewinne, bekomme ich deine Frau und deine Tochter!"

Entsetzen sprach aus Hendriks Blick. Aber eigentlich war das kein so schlechter Deal, musste er sich eingestehen. Alfons war anständiger als er, sie hätten es sicher besser bei ihm. Trotzdem fühlte er sich nicht wohl bei diesem Angebot. Nach kurzem Zögern besiegelte er die Abmachung mit einem Handschlag. Alfons war schockiert. Niemals hätte er gedacht, dass sich Baumgärtner auf so etwas einließ. Eigentlich war der von Alfons verlangte Einsatz nur ein Witz gewesen. Wie sollte dies, falls er gewinnen sollte, auch funktionieren? Er würde es darauf ankommen lassen. Das alles entscheidende Schafkopfspiel konnte beginnen.

Sie einigten sich, hier und jetzt das Spiel zu machen. Die beiden Männer hatten Bedenken. Wenn sie eine Nacht darüber schliefen, würde es sich der andere vielleicht nochmals überlegen. So blieb nur eine Variante für diese Runde: das Offiziers-Schafkopf! Dies war risikoreicher und hing noch mehr von der Laune des Glücks ab als das Spiel zu viert. Die Regeln waren jedoch die gleichen.

Es war bereits später Abend und es flossen auch schon ein paar Bocksbeutel durch die Kehlen der beiden Männer. Baumgärtner hatte wie meistens einen glasigen Blick. Trotzdem war er durch die Anspannung hellwach. Vielleicht änderte sich heute sein Leben ein für allemal. Er selbst hatte schon lange keine Kraft mehr. Es war also längst überfällig, dass das Glück auch ihn heimsuchte.

Alfons hingegen wirkte entspannter, fast zu ruhig für solch ein Spiel. Er fühlte eine schon lange nicht mehr dagewesene Ruhe, die ihn selbst verwirrte. Er gab die Karten aus. Alfons legte je acht Karten verdeckt auf den Tisch. Anschließend weitere acht Karten offen auf die verdeckten.

Nun war Baumgärtner gefragt, er musste das Spiel beginnen und verengte kurz die Augen. Mit nur acht sichtbaren Karten war es schwierig. Er wusste nicht, was bei den weiteren Karten für Blätter auf ihn warteten und was sein Gegner noch aufdecken würde. Schweißperlen rannen Hendrik über die Stirn. Alfons machte es ihm nicht leicht. Es wurde gestochen und angespannt überlegt.

Alfons hatte von Anfang an die Punkte der Karten im Kopf zusammengerechnet und wusste auch, welche Trümpfe noch im Spiel waren. Er sah auf seine vier verbliebenen Karten und ihm wurde klar, er würde dieses Spiel verlieren. Baumgärtner hatte heute eindeutig die besseren Blätter. Und so war es auch. Baumgärtner deckte zum Schluss noch den Alten, den Eichel-Ober auf, den höchsten Trumpf beim Schafkopf, und das Spiel war entschieden.

Es war Alfons so, als würde die Figur mit dem erhobenen Zeigefinger und dem auf ihn gerichteten Degen tadelnd sagen:

„Was bist du nur für ein Depp! Du hast dein bisheriges Leben gar nicht verdient!“

Baumgärtner konnte sein Glück kaum fassen. Er war wieder da, Hendrik Baumgärtner war wieder zurück im Leben.

❀

Auf der dunklen Straße hallten die Schritte. Er konnte sich gerade noch so auf den Beinen halten.

„Arschlöcher!“, schimpfte Baumgärtner lauthals. Kurz zuvor war er aus einer Kneipe in der Klingenstraße hinausbefördert worden. Er fing Streit an und das Ganze eskalierte in einer Rauferei. Keiner wollte ihm glauben, dass er jetzt steinreich war und zudem der neue Besitzer des „Traunsteins“. Als „alten Suffkopf“ hatten ihn die Männer bezeichnet. Jetzt taumelte er über den Marktplatz Richtung Klosterstraße, um nach Hause zu kommen. Aber er erinnerte sich daran, dass er gar kein Zuhause mehr besaß, oder? Gehörten jetzt seine Frau und die Tochter nicht Alfons? „Die können was erleben!“, lallte Hendrik.

Am Kloster der Armen Schulschwestern hatte er sichtlich Mühe, in den Unteren Weg einzubiegen. An einer Hauswand stützte er sich ab, die Beine gaben etwas nach, aber er bemühte sich, aufrecht zu stehen. Nur noch ein paar Schritte, dann wäre es geschafft. Von Weitem sah er durch das beleuchtete Fenster Helga und die kleine Angelika am Esstisch sitzen. Diese Idylle gefiel ihm nicht. Seine Frau dachte wohl, sie sei etwas Besseres als er. Wie vornehm sie immer den Tisch decken musste, mit Kerzenständer, Servietten und dezent gemusterten Platzdeckchen. Für solche Sperenzchen reichte ihr

Einkommen schon lange nicht mehr, aber dies begriff seine Frau einfach nicht.

Die Tür würde aufgestoßen und riss den Schirmständer dahinter um. Angelika erschrak. Sie erkannte sofort, was mit ihrem Vater los war. Seine Augen, die Körperhaltung und der üble Geruch, der von ihm ausging ... Ängstlich wollte sie unter dem Tisch verschwinden, doch der Vater war schneller. Er hasste ihre großen grünen Augen, die ihn immer wieder prüfend und seiner Meinung nach provozierend ansahen. Er schlug ihr ins Gesicht. Helga ging dazwischen und wollte ihren Mann zur Vernunft bringen. Rasch verschwand die Kleine unter dem Tisch.

„Du Sau! Wo ist er?", schrie Hendrik und griff fest nach Helgas Haaren. Sie versuchte sich zu befreien, aber es gelang ihr nicht.

„Ich weiß nicht, wovon du redest!", flehte sie weinend. Auch sie hatte schon seit langem keine Kraft mehr für das Leben an der Seite dieses Mannes. Die beiden waren bereits zu Schulzeiten ein Paar gewesen. Später hatten sie geheiratet und dann kam Angelika, ihr Wunschkind, zur Welt. Sie waren einmal sehr glücklich miteinander gewesen, sie konnte ihn nicht verlassen. Vor Gott hatte sie einst geschworen: In guten wie in schlechten Zeiten! Aber es gab schon zu lange keine guten Zeiten mehr. Musste sie wegen dieses Schwurs mit ihrem Mann zusammen untergehen?

Alfons Traunstein rang mit sich. Er stand in dem kleinen Vorgarten der Familie Baumgärtner und beobachtete die Auseinandersetzung der Eheleute. Er wusste, dass Hendrik ein

Dreckschwein war. Fast jeder wusste davon, nur kaum einer tat etwas dagegen. Man mischte sich einfach nicht in die Angelegenheiten von anderen Leuten ein. Aber jetzt sah er zum ersten Mal deutlich, was da vor sich ging. Das gewonnene Geld konnte aus ihm offenbar auch keinen besseren Menschen mehr machen, dachte Alfons.

Baumgärtner ohrfeigte seine Frau, bis diese zu Boden ging. Er musste einfach handeln, zu lange ließ er seinem Spielbruder schon freie Hand. Er mochte Helga und Angelika. Es war nicht gerecht, Alfons konnte das alles nicht mehr ertragen. Mit einem Holzscheit bewaffnet ging er ins Haus. Wenn Baumgärtner das Kind anrührte, musste er ihn töten, schwor sich Alfons. Er sah wie Baumgärtner auf den Tisch zuging und liebevolle Worte zu Angelika sprach. Alfons sah auch, was die Kleine abbekommen hatte. Für einen kurzen Moment dachte er darüber nach, was jetzt eigentlich aus ihm werden sollte. Alles hatte er verloren. Aber dafür gab es keine Zeugen, auch wenn Spielschulden Ehrenschulden waren.

Alfons holte aus und schlug Baumgärtner mit voller Wucht auf den Hinterkopf. Jetzt lag er am Boden und der Mund stand weit offen. Angelika kam vorsichtig unter dem Tisch hervor und spuckte auf ihren Vater. Alfons hatte bemerkt, dass Helga sich schwerfällig aufrichtete. Beschämt sah sie zu Boden. Wenn er handeln wollte, dann war jetzt der richtige Zeitpunkt. Es war nicht schade um Baumgärtner. Alle hier Anwesenden wären endlich befreit von seiner Willkür.

Alfons sagte den beiden, sie sollen nach draußen gehen. Er nahm den Kerzenständer vom Tisch und entflammte damit die

Vorhänge im Esszimmer und in der Küche. Zum Schluss warf er den Kerzenhalter neben Baumgärtner auf den Teppich.

Jetzt ging alles ganz schnell, denn das alte Bauernhaus war überwiegend aus Holz gebaut. Auf der Straße standen, Hand in Hand, Alfons, Helga und Angelika. Sie konnten noch nicht begreifen, was gerade passiert war. Nur eines wussten sie: Es fühlte sich gut an.

15

Nicht nur sein Anblick hatte etwas Angsteinflößendes. Zu einer anderen Zeit und mit einem anderen Charakter wäre er sicherlich ein ansehnlicher Mann gewesen. Er war ruhig, wirkte fast tiefenentspannt. Ein Mann, der wusste, was er wollte und was er tat.

Hendrik Baumgärtner hatte nichts mehr in seinem Leben zu verlieren. Es war seiner Meinung nach nicht gerecht gewesen, dass seine Frau und seine Tochter ein normales friedliches Leben führen durften und er nicht. Entstellt und mit einer Behinderung, kein Arbeitgeber hatte Vertrauen in ihn. Der Geruch nach Alkohol, der ihn stets umgab, trug sicherlich auch noch einen Teil dazu bei. Schlechtbezahlte Aushilfsarbeiten waren für Baumgärtner jahrelang an der Tagesordnung gewesen. Frauen, gar Liebe, davon wagte er nicht einmal zu träumen. Irgendwann war ihm alles egal gewesen, er wollte nur noch Gerechtigkeit. Lange würde seine Leber sowieso nicht mehr mitspielen. Also wollte er in diesem Spiel, bei dem er die Fäden zog, als Gewinner hervorgehen.

Sandra Murenstein hatte ihm alle Informationen über Alfons und die Kolonie geliefert. So erinnerte er sich auch an Alfons' Gartenhütte. Der Kontakt zu ihr war über einen alten Bekannten zustande gekommen. Sie hatte nach jemandem gesucht, der Alfons etwas Angst einjagen sollte, mehr nicht. Sandra wollte ihn und die Kolonie vertreiben, damit er sein Lager irgendwo anders aufschlug und auch

Anna Gutberg ihre Pläne aufgab. Dass sie ausgerechnet an Baumgärtner gelangte, das war Schicksal. Die rätselhaften Botschaften an Alfons gingen auf ihr Konto. Hendrik hatte sie nur ausgeführt. Geld gab es dafür, nur das zählte: Geld für guten Fusel - und ihm gefiel es, Alfons in den Wahnsinn zu treiben.

Baumgärtner war ein einfacher Mann, solche Botschaften wären ihm im Traum nicht eingefallen. Er war für die harten Tatsachen geeignet. Ein Schnitt an der Kehle seiner Frau zum Beispiel und den Wohnwagen in Flammen zu setzen, das war nach seinem Geschmack. Die alten Geschichten von damals, die er Sandra Murenstein erzählte, interessierten sie nur, um sie gegen Alfons zu verwenden. Alles andere war ihr egal. Sie unterschätzte ihn von Anfang an. Dumm und blind war sie gewesen. Für Baumgärtner war diese Frau ein Geschenk, um das auszuführen, was er schon lange in seinen Träumen tat. Sie dachte nur an sich und ihre Familie, die endlich zum Zug kommen sollte.

❀

Langsam schlichen sie sich an. Talberg hielt die Dienstwaffe bereit. Alfons war dicht hinter ihm. Der Hauptkommissar versuchte sich zu beruhigen. Strahl und Bergmann samt Verstärkung waren informiert.

Leise stiegen sie die endlosen Stufen zur Wenzelstube empor. An der vorletzten Stufe angekommen sah Talberg seine Tochter auf einem der Stühle sitzen. Tanja war nicht gefesselt, sah aber mitgenommen aus. Talberg schloss daraus, dass Baumgärtner ebenfalls bewaffnet war und keine Sorge hatte, dass Tanja ihm davonlaufen würde. Baumgärtner saß etwas abseits und schlief.

Tanjas Kopf dröhnte und sie hielt die Augen geschlossen. Wann ist das alles endlich vorbei?, dachte sie sich. Sie spürte, dass jemand sie beobachtete. Sie öffnete die Augen und sah ihren Vater. Tränen schossen ihr in die Augen. Talberg presste seinen Zeigefinger auf die Lippen und forderte sie auf, zu ihm zu kommen. Doch Baumgärtner war aus seinem Nickerchen erwacht. Er saß unter dem Bild des Königs Wenzel und hielt eine Pistole schussbereit. Mit der linken Hand umfasste er eine Weinflasche.

„Hier geht niemand irgendwo hin!“ Er zielte direkt auf Tanja.

„Lass sie gehen, sie hat damit nichts zu tun!“ Talberg sprach zu Baumgärtner, ebenfalls mit gezückter Pistole.

„Das entscheide immer noch ich. Angelika war nicht mehr in der Hütte, also muss Tanja jetzt an ihre Stelle treten.“ Mit grünen Augen funkelte er den Hauptkommissar an, ehe er Alfons bemerkte.

„Sieh an, wen haben wir denn da? Den Traunstein, die Sau! Du wirst jetzt für alles bezahlen, das schwöre ich dir! Meine Frau habe ich schon unter die Erde gebracht und du wirst dich gleich zu ihr legen!“

Wild fuchtelte er mit seiner Waffe, um Alfons zu bedeuten, dass er sich an die gegenüberliegende Wand stellen sollte. Als er bemerkte, dass Tanja langsam auf ihren Vater zulief, entsicherte er die Waffe.

„Stehenbleiben, habe ich gesagt!“

Baumgärtner zielte erneut auf Tanja, doch die war sehr

wackelig auf den Beinen und rutschte aus. Der Schuss fiel. Im selben Moment flog der Dolch des Königs Wenzel durch die Luft und traf Hendrik Baumgärtner direkt in den Hals. Laut schreiend ging er zu Boden. Die Halsschlagader war durchtrennt. Mit schmerzverzerrtem Gesichtsausdruck ging Hendrik Baumgärtner aus dieser Welt.

Alfons lief eilig zu seinem einstigen Spielbruder. „Diesmal hab ich keine halben Sachen gemacht, du armselige Wurst, du!“ Wütend trat er mehrmals nach dem Leichnam. Ein Schluchzen ließ ihn innehalten.

Alfons drehte sich um. Was er sah, zwang ihn in die Knie. Tanja hielt ihren Vater in den Armen. Ihre beiden Hände waren fest auf dessen blutende Brust und Schulter gedrückt.

16

Energisch trat sie mit dem Fuß mehrmals gegen den Automaten, aber es hatte nicht den gewünschten Effekt. Ein starker Kaffee wäre jetzt genau das Richtige, dachte Tanja. Sie gab auf und nahm auf einem der Stühle in der Notaufnahme des Juliusspital-Krankenhauses Platz.

Seit Stunden kämpften die Ärzte um das Leben ihres Vaters. Egal wie es ausging, eines wusste sie, sie würde es sich niemals verzeihen, einfach so in sein Leben eingedrungen zu sein. Hätte sie das nicht getan, würde er jetzt nicht auf dem Operationstisch liegen.

Mehrmals fuhr sie sich durch die Haare und nahm aus dem Augenwinkel eine Frau wahr. Es war Sarah Bergmann.

„Er hat schon ganz andere Dinge überstanden, glaube ich zumindest", sagte Sarah und starrte auf den Fußboden. Sie kannte seine Geschichte also auch nicht, dachte Tanja und nahm die Hand der Gerichtsmedizinerin, die mittlerweile wusste, dass Tanja Talbergs Tochter war.

Endlich kam ein Arzt und fragte: „Sind Sie die Familienangehörigen des Hauptkommissars?"

Die beiden Frauen blickten sich kurz an, ehe Tanja sprach: „Ja! Ich bin seine Tochter und das hier ist die Lebensgefährtin meines Vaters!" Sarah nickte zustimmend, obwohl Letzteres für sie noch nicht geklärt war.

„Ihr Vater hat die OP gut überstanden. Er ist stark. Alles Weitere wird die Zeit zeigen. Sie können jetzt zu ihm."

Sarah drückte Tanja fest an sich. Gemeinsam gingen sie Arm in Arm zur Intensivstation.

Mehrere Tage später hatte Talberg das Schlimmste überstanden, doch die vielen Apparate, an denen er noch immer angeschlossen war, bereiteten Sarah Bergmann Unbehagen. Vorsichtig strich sie ihm über den Kopf und ließ seine blonden Haare durch die Finger gleiten. Trotz allem fand sie, dass er einen friedlichen Gesichtsausdruck hatte, den sie noch niemals zuvor bei ihm erlebt hatte.

Tanja war nicht mehr in Würzburg. Sie war zurück nach München zu ihrer kleinen Tochter gefahren. Sarah musste ihr hoch und heilig versprechen, sofort anzurufen, wenn ihr Vater aufwachte.

Schwerfällig öffneten sich seine Lider. Ihre Erleichterung drückte sie mit einem vorsichtigen Kuss auf Talbergs Stirn aus. Er wollte ihr etwas mitteilen, doch das Sprechen fiel ihm noch schwer.

Talberg griff nach Sarahs Hand und seine Augen sprachen Bände. Sarah sah ihn versöhnlich an, jetzt war nicht der richtige Zeitpunkt, über Probleme zu reden.

Kaum hörbar fragte er: „Tanja, wo ist Tanja?“

„Ihr geht es gut! Es ist alles in Ordnung!“, antwortete Sarah und spürte, wie der Druck von Talbergs Hand schwächer wurde. Er war wieder eingeschlafen.

Bevor Sarah das Zimmer verließ, klemmte sie eine Fotografie von Tanja und deren Tochter zwischen Talbergs Finger.

Auf dem Gang warteten bereits Peter Bergmann und Anton Strahl.

Dass die Aufklärung des Falls so dramatisch enden würde, damit hatte niemand gerechnet. Bergmann war nicht gerade Talbergs Freund, aber er war voller Sorge um den Gesundheitszustand seines Kollegen. Deshalb sprang er sofort von seinem Stuhl auf, als er Sarah aus dem Zimmer kommen sah. „Und? Wie sieht's aus?", fragte er erwartungsvoll.

„Er war kurz wach. Ich glaube, er wird wieder!" Dabei legte sie die Stirn auf den Brustkorb ihres Exmannes, der ihr sogleich zärtlich über den Rücken fuhr. Eine ganze Weile blieben sie in dieser Haltung stehen.

Anton Strahl war ebenfalls erleichtert und tippte rasch eine SMS an seine Mutter ins Handy. Seit kurzem interessierte sich Mutter Adelheid für solche neumodischen Dinge. Anton war sich sicher, die „Gscheide" saß schon neben seiner Mutter und wartete auf eine Nachricht. Die Heidingsfelder würden also innerhalb der nächsten Stunde ebenfalls wissen, dass ihr Hauptkommissar das Schlimmste überstanden hatte.

❀

Fünf Tage waren seit dem schrecklichen Ereignis vergangen und in Heidingsfeld hatte sich allerhand getan. Der Winzer Murenstein kündigte sehr überraschend seine Anstellung und gab bekannt, dass er mit seiner Familie zu einem alten Freund auf ein Weingut nach Italien gehen würde. Anna Gutberg gefiel diese Entscheidung gar nicht, obwohl sie die Murensteins nicht sonderlich mochte. Sie machte Alfons ein Angebot, über das er nun ernsthaft nachdachte.

Die kühle Luft umschmeichelte sein Gesicht und ihm war so, als könnte er das erste Mal seit Jahren wieder frei durchatmen. Die Akte im Fall „Mutti" war geschlossen, ihr Mörder tot. Alfons hatte im Salmannsturm aus Notwehr den Dolch geworfen und die Geschichte von damals hatte er, wenn auch in abgewandelter Version, dem Ermittlerteam erzählt. Talberg war damit einverstanden gewesen. Wem würde es noch nützen, ihn wegen versuchten Mordes einzusperren? Der Gerechtigkeit? Gab es die überhaupt im Leben?, dachte sich Alfons. Hätte er damals den alten Hauptkommissar Schuster nicht geschmiert, damit nach der Brandursache nicht so genau ermittel wurde, hätten alle gewusst, dass Baumgärtner nicht in den Trümmern umgekommen war. Doch er hatte bei Schuster noch etwas gutgehabt und bei der angebotenen Summe konnte dieser ohnehin nicht nein sagen. Viel Leid wäre ihnen allen erspart geblieben. Aber wer konnte ahnen, dass sich das Blatt in dieser Geschichte auf diese Art wendete?

Alfons machte es sich auf dem Campingsessel gemütlich. Er trank einen kräftigen Schluck seines Spezialgebräus. Die Flammen des großen Lagerfeuers züngelten nach dem alten Krimskrams, wie er die Gegenstände aus seiner Gartenhütte nannte, und schmolzen die alten Erinnerungen ein für alle Mal ein.

Mona und Theresa lebten nicht mehr in der Kolonie. Sie zogen gemeinsam in eine Wohngemeinschaft in der Würzburger Innenstadt. Alfons war nun alleine. Ob er es tatsächlich wagen sollte, mit Anna das Restaurant im Weingut neu zu eröffnen und das auch noch in seinem Alter? Hilfe bräuchten sie auf jeden Fall, doch dies war zu organisieren. Bei diesem letzten Gedanken ertappte sich Alfons dabei, dass seine Entscheidung trotz der vielen Zweifel bereits gefallen war.

17

Es war ein kühler und regnerischer Sonntagmorgen. Doch im Schankraum der Weinstube war es gemütlich und warm. Hedwig umsorgte Talberg wie ein krankes Kind und bereitete ihm seine Lieblingsgerichte zu. Der Frühstückstisch war fürstlich gedeckt, doch Talberg hatte kaum Hunger. Jede Bewegung schmerzte ihn. Er hatte Glück gehabt. Baumgärtner gelang ein glatter Durchschuss zwischen Brust und Schulter.

Talberg überlegte gerade, was schlimmer war, die anhaltenden Schmerzen oder die Kräuterteemischung seiner längjährigen Freundin Eva, einer Heilpraktikerin mit einer gut gehenden Praxis am Heigelsbach, die seit kurzem wieder in Heidingsfeld war. Ihren Besuch bei der Tochter in Australien hatte sie vorzeitig abgebrochen, als sie von dem Vorfall hörte.

„Dass Sie mir den Tee aber dieses Mal auch austrinken!" Hedwig äugte besorgt hinter dem Tresen hervor.

„Ja, mache ich!", meinte Talberg und goss das schreckliche Getränk heimlich in die nahestehende Grünpflanze. Er schlug schwerfällig die Tageszeitung auf und wunderte sich, dass es nicht das *Mainblatt*, sondern die Samstagsausgabe der *Süddeutschen Zeitung* war. Jemand hatte für ihn den Kulturteil aufgeschlagen. Er überflog die Artikel, bis er auf eine Kolumne mit dem Titel „Vom Suchen und Finden" stieß, verfasst von: „Nele".

Er las die Zeilen seiner Tochter aufmerksam. Besonders der letzte Absatz berührte ihn:

Wir können nichts festhalten, die Zeit nicht anhalten oder zurückdrehen. Wie viel Zeit bleibt einem für das Leben, von dem wir träumen. Wir wissen es nicht. Wir wissen auch nicht, ob sich unsere Träume und Sehnsüchte erfüllen. Von einem Tag auf den anderen kann alles für immer vorbei sein und dann fragen wir uns: Haben wir unser Leben auch wirklich gelebt, haben wir wirklich den Mut gefunden für unsere Träume? Haben wir wirklich riskiert zu lieben?

Es traf Talberg mitten ins Herz. Gleich nach dem Frühstück würde er Tanja und seine Enkelin Suraia anrufen. Warum die Kleine so hieß wie diese rumänische Stadt, würde er sicherlich noch erfahren.

Hedwig trat an den Tisch und brachte zwei Spiegeleier. „So wie das aussieht, muss ich Sie dieses Jahr nicht auch noch über Weihnachten ertragen“, scherzte die Wirtin.

Talberg schmunzelte, küsste seinen rechten Zeigefinger und berührte damit vorsichtig Tanjas abgebildetes Foto. Wir werden sehen, wir werden sehen, dachte Talberg und biss in ein goldbraunes Laugencroissant.

Epilog

Sie sah den runden hellen Mond am Himmel und horchte in die Stille der Nacht. Das tat sie schon als Kind gerne. Zwischen ihren Lippen klemmte ein Grashalm. Für heute hatte sie keinen Schlafplatz gefunden und musste deshalb mit der freien Natur vorliebnehmen. Es störte sie nicht. Die letzten Wochen kam sie bei Bauern unter, die ihren umherziehenden Gast skeptisch musterten. Für einen Zimmermann auf der Walz war sie von sehr schmächtiger Figur. Die femininen Gesichtszüge und die vom Wetter gegerbte Haut ließen viele Fragen offen. Zudem verhielt sie sich merkwürdig, wirkte oft verwirrt und manchmal sogar etwas verrückt. Dies trug dazu bei, dass sie nie länger als ein bis zwei Tage an einem Ort bleiben konnte.

Sie summte eine Melodie und wechselte schließlich in einen Gesang: „Fuchs, du hast die Gans gestohlen, gib sie wieder her, gib sie wieder her, sonst wird dich der Jäger holen, mit dem Schießgewehr!“

Sie formte ihre Hand zu einer Pistole und zielte auf einen imaginären Gegner. „Peng!“, sagte sie ein paar Mal laut und lachte.

Eines wusste Angelika Baumgärtner: Sie lebte schon lange nicht mehr, sondern existierte nur noch, doch er war nun wirklich tot und konnte ihr nie wieder etwas anhaben. Sie schloss die Augen und fiel in einen traumlosen friedlichen Schlaf.

Der erste Würzburg-Heidingsfeld-Krimi

Nichts ist so wie es scheint in Heidingsfeld. Nachdem die junge Winzerstochter Marie Gutberg tot im Heigelsbach aufgefunden wurde, stößt Hauptkommissar Frank Talberg bei seinen Nachforschungen auf viele Ungereimtheiten. Gleichzeitig wird die Stimmung in dem Würzburger Stadtteil angeheizt vom Zeitungsjournalisten Mike Funke und der alten Paula Sprung – von allen nur die »Gscheide« genannt –, die den neuesten Klatsch und Tratsch verbreitet. Zudem behindern noch Reibereien innerhalb des Ermittlerteams die Arbeit der Polizei. Es gibt nur wenige Hinweise, aber viele Tatverdächtige. Führt schließlich ein mit Rosenduft parfümierter Brief auf die richtige Spur?

Ein Würzburg-Heidingsfeld-Krimi
CORINA KÖLLN
Die Rosenkönigin

LIEBEN DANK an meine Testleser Marco Kölln, Vanessa Kölln und Birgit Ruppert. Ein herzliches Dankeschön an die Schafkopfrunde, die mir geduldig dieses Kartenspiel beigebracht hat, sowie an meinen Verleger Peter Hellmund und meine beiden Lektorinnen Monika Thaller und Olga Eismont-Kölln.

Corina Kölln
DIE WALDPRINZESSIN

Gestaltet von Peter Hellmund
Gedruckt und gebunden von CPI – Clausen & Bosse in Leck
Lektoriert von Monika Thaller

Erste Auflage 2014
ISBN 978-3-939103-57-8

www.buchverlag.hellmund.de